成长励志书 Raise You Up

带 / 你 / 用 / 力 / 折 / 腾 / 的 / 人 / 生 / 进 / 阶 / 书

CS 湖南文艺出版社

成长励志书

图书在版编目（CIP）数据

这一站，刚好遇见你 / 汪星宇著. -- 长沙：湖南文艺出版社，2018.1

ISBN 978-7-5404-8405-7

Ⅰ. ①这… Ⅱ. ①汪… Ⅲ. ①纪实文学－中国－当代 Ⅳ. ①I25

中国版本图书馆CIP数据核字(2017)第286739号

这一站，刚好遇见你
ZHEYIZHAN, GANGHAO YUJIANNI

作　　者　汪星宇
出 版 人　曾赛丰
主　　编　顾　平　杜普洲
监　　制　徐　晶
责任编辑　张　璐
特约策划　王征彬
特约编辑　石　艳　李艺璇
设计总监　资　源
美术编辑　郭　宁
封面设计　杨　倩
发行总监　王俊杰
开　　本　889mm×1194mm　1/32
字　　数　150千字
印　　张　7.5
版　　次　2018年1月第1版
印　　次　2018年1月第1次印刷
书　　号　ISBN 978-7-5404-8405-7
定　　价　36.00元
出版发行　湖南文艺出版社
地　　址　长沙市雨花区东二环一段508号
　　　　　邮　编：410014
印　　刷　北京盛彩捷印刷有限公司

（如发现印装质量问题，请直接与本社出版部联系 0731-85983029）

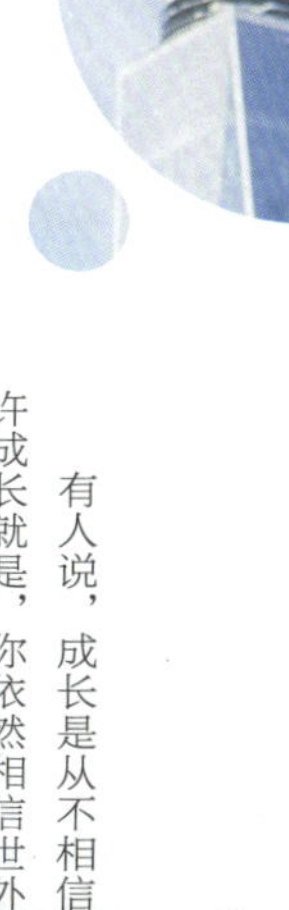

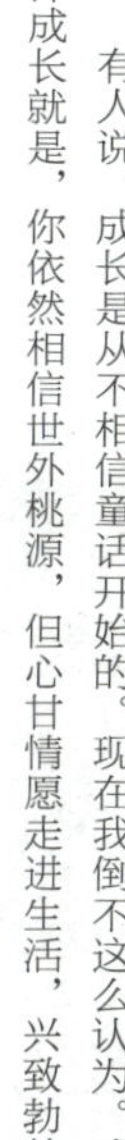

有人说，成长是从不相信童话开始的。现在我倒不这么认为。或许成长就是，你依然相信世外桃源，但心甘情愿走进生活，兴致勃勃地与世界交手。

在我的故事里，或许最能打动人的三个字，不是“我爱你”，而是“就凭你”。“我爱你”并非一句会让人成长的话，它能肯定你的过去，充实你的现在，却不能指引你的未来。“就凭你”则不同，它能轻易激起人们的愤怒，甚至让你感到孤独。如果螳臂当车是个笑话，那凭什么夸父逐日、精卫填海、愚公移山就能是流传千古的神话？“就凭你”往往是一个好故事的开始。被千姿百态的“就凭你”一再冲击的东西，我们就管它叫“理想”吧。

PAGEONE
前门大街

成长，你只能长成自己的样子。

在生命中最好的年华，不要太在意别人的目光，要给自己一些不做正事儿的勇气，多做不同的尝试，然后把喜欢的事情坚持下去。随着自己慢慢长大，你会发现，你走过的每一步路原来都算数。

我以为，成长就是该听的听过了，该看的看过了，该想的想明白了。长大一些我才发现，成长是从一次勇敢到下一次勇敢，是从一次懵懂无知的莽撞到再一次明知一无所有却依旧无所畏惧的勇往。

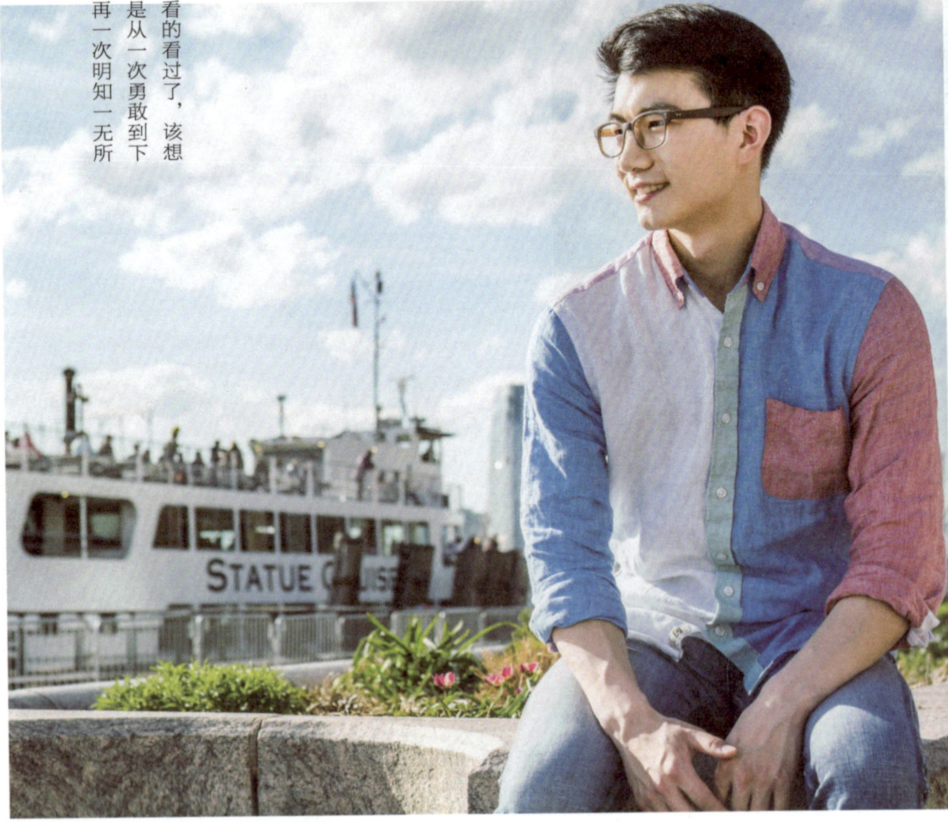

序言
从一次勇敢到下一次勇敢

◇朱玉芳

这个世界的改变，不是一个人做了很多，而是大多数人都做了一点点。

2017年4月下旬，星宇从纽约飞往波士顿，参加哈佛中国论坛的活动，与此同时，黑土麦田联合创始人秦玥飞在这里做了一场分享会。他们在场外偶然碰到，秦玥飞先是打了个招呼，第二句就问："星宇啊，你是不是黑麦的工作还没签？"

这一问，问得星宇一阵尴尬，当时他手握东方航空的工作机会，起薪25万元，承诺三年内升职。这份工作对于一位应届毕业生来说，前景算是非常好了。

“如果没有遇到他，我可能就会去东航。”然而人与人之间的际遇如此奇妙，星宇自己可能也没意识到，这次对话将改变他的人生轨迹。实际上，在碰到秦玥飞的半年前，星宇已经通过了黑土麦田的考核，但要不要去，他犹豫了。

黑土麦田是由秦玥飞和他在耶鲁的中国同学联合创办的人才培养与精准扶贫项目，每年选拔、资助一批国内外顶尖学府的中国籍优秀毕业生到国家级贫困县的乡村开展产业扶贫和社会服务。2015年从复旦大学国政系毕业后，星宇赴美在纽约大学继续读国际关系专业的研究生。2017年年初，趁着春节回国，正在找工作的他决定亲自去黑土麦田精准扶贫的湘西花垣县看一看。花垣是国家扶贫开发工作重点县，也是沈从文笔下“边城”的所在地。

星宇到花垣县时，那里的黑麦创客们正在筹备一场农产品的众筹活动，目标是15万元，最终结果显示有153人支持这次活动，共筹得151074元。他们把山产油、苞谷烧、腊肉、大米等有特色的当地物产收集起来，带领全村人包装，再运送到北京。2017年1月14日，这些物产出现在了北京时代美术馆，成为公益活动的义卖品，一些名星出席了活动。

这场义卖的成果还不错，但星宇有些担忧。“我担心这是一个卖情怀的事情。我比较了一下，国内一家网站做情调果蔬，他们卖的农副产品是市场里最贵的，黑麦卖出的农产品价格比还要贵一倍。结果就是，情怀比情调贵一倍。可是我觉得这样做出的产品不够商业化，不是真实的生意，最终有可能会伤害公益。”

正是这次考察让星宇产生了动摇，他是最早报名黑土麦田的留学生之一，也是第一个主动要去花垣县看一下的人。

“那时我还没见过秦玥飞，对这件事还是很在意。直到见到他，他讲了他的故事，我也跟他讲了我去村里看的情况。他承认现在的问题，也希望未来能改变，真能做出被市场承认的产品，而不是只卖情怀。这个对我是有吸引力的。”

打动星宇的还有秦玥飞本人，他真诚地觉得“这个人真的还蛮厉害的”。秦玥飞在农村先做了三年大学生村官，在湖南省立了一等功，获选“CCTV最美村官”。“让我打算跟他做事情的点在于，三年之后，他放弃了晋升的机会，去了更穷的村子，又干了三年。我觉得这个人挺纯粹的。”

就这样，星宇决定了，要与黑土麦田一样，去到中国的乡村。

星宇的家乡在上海南汇，这是一个已撤销的市辖区，2009年划归浦东新区。他的童年在这里度过，那时这里还是一派郊区景象，

他跟着爷爷奶奶一起种瓜种水蜜桃。即使后来去了市区念书，他也一直跟别人说自己是上海乡下的，但往往会得到同一句回复：上海是没有乡下的。

“在我成长的20多年中，我对这句话一直是不服的。直到我上了大学，去了云南临沧和其他一些地方，我确实发现，上海的乡下不同于这样的农村，这也引发了我想去了解中国更真实的样子。”

2017年年初在去湘西之前，他也去了“美丽中国”的几个支教点，在昆明、临沧、楚雄等地的四个山区学校做了一回“试讲老师”。“美丽中国”支教项目每年招募优秀青年到我国教育资源匮乏的地区从事两年一线教学工作，他们希望“让所有中国孩子都能获得同等的优质教育”。

“做了这些尝试后，我觉得最根本的还真的得到那些地方去。我在众多的项目当中选择了黑土麦田，是因为它想做产业扶贫。对很多人来说，去黑麦可能在于乎的是去乡村的经历，我更想把它作为一种创业。”

让人有些意外的是，星宇在大学时就想过要做一个乡镇的镇长。他本科就读的复旦大学国政系在全国专业排名第一，不少师兄

师姐在外交部工作，是常人眼中就业金字塔的塔尖。

“我父母是高考改变人生的真实案例。我爸是真正从小在乡下长大，放学后要割草喂羊的。做镇长也是父母教育的影响，如果可以造福一方百姓，能够做出一些贡献，让别人的生活发生一点儿改变，我觉得是比较有意义的事。”

他从本科开始就有一个很大的困惑：如何对外讲一个中国好故事。“很多时候，我们讲的故事老外根本不认。一味地讲中国传统的东西，中文我们都听不懂，再翻译给外国人听，不是自欺欺人吗？最差的演说不是别人反对你，而是别人呵呵，根本不听。我想去村子里，也是在想如何更好地讲故事，一个好的故事要让人感同身受，所以我觉得很有必要亲身去了解中国。”

除了学术活动，星宇在大学期间还参加了青年全球创新治理大赛，在校广播台兼职做主持人。大三的时候，他和同学组队参加欧莱雅校园义卖的商业挑战赛，一天就卖出了近40万元的化妆品，不仅获得全国第一，还破了以往的纪录。义卖所得全部捐给复旦大学作为公益基金。这次活动，让星宇的观念发生了转变，原来通过商业的形式可以做公益的事情。

大学毕业赴美读研时，星宇在纽约的一家创业孵化器里实习，在创投圈跑项目、对接投资人、做创业培训。在这段时间里，他

认识了许多创业者，见了各种意想不到的投资项目。从这些人的身上，他感受到了执念的力量："创业者要不停地跟别人阐述自己的项目，当你听到的时候，可能他们已经讲了100遍、200遍了。"

后来，星宇在真格基金结识了徐小平。"我很佩服各种折腾的人，徐小平老师就是其中之一。星宇曾在微博上转发过一篇徐小平的文章《30岁，我理想破灭出海找寻新大陆；40岁，海外留学梦断归国求索新方向》，并配上了一段文字："唯大丈夫能本色，是真英雄自风流。愿能有小平老师一半折腾。"

"以前，读过的一本书说，一个人在设想未来时，一定要去找心中召唤自己的东西。怎么找？闭上眼睛想，你做什么事情最开心？什么事情让你做梦都会笑？我想了很久后发现，当我带着一群人做成了一件事，是最开心的，我很享受这个过程，这种个性影响我最终选择去做一件可以影响更多人的事。"

可能很多人关注到星宇是因为电视节目《一站到底》。在2016年《一站到底》"世界名校争霸赛"中，星宇接连打败四位挑战者，一路"开挂"成为第一期的冠军。因为帅气的外形和开朗的性格，他还收获了"阳光帅气的鲜肉级暖男"标签一枚。

在总决赛中，他与另外五位冠军晋级者组成“世界名校”新晋超级联队，被大家推选为队长，一起“打怪升级”。

“带头的那个人”，仿佛是星宇从小到大的一个“人设”。上学时，他总是被大家选为班长。“做班长永远不要求你是最优秀的人，只要你是最愿意付出的人。我不是最优秀的，但我可以帮助最优秀的人发光。”

大三时，他借着去芬兰交流的机会，做了三个礼拜的环行欧洲背包客。一年前，他还去了一趟朝鲜。“我不是一个物质需求很强的人，但是你告诉我，现在要去哪里，这个事情会让我很兴奋，我很享受路上的过程。”

出国读研前抱着“好好学习”想法的星宇，回过头来发现好好学习没有那么重要了。“以前我觉得，成长是该看的看过了，该听的听过了，该想的想明白了，后来我发现成长是一次勇敢到下一次勇敢。第一次勇敢是懵懂无知，后来是即使知道自己可能一无所有还是勇往直前。这是我出国最大的改变，释放天性很重要。”

虽然星宇本人从来不认为自己是“别人家的孩子”， 但在别人眼中他身上确实有“学霸”的光环。只需要做一点儿简单的资料收

集，就不难发现，今天的“学霸”已经不再是埋头苦读的形象了。“我会觉得这年头成长更多靠的是眼界”。

写这篇文章的时候，星宇正在录央视的节目《加油！向未来》，认识了各种领域的“网红”。他说：“一万小时理论是成立的。如果你有一点点想成功，在任何一个跑道上面花时间专心做自己的事情，至少你能成为一个网红。”而就自己而言，他“希望学会做一个网红的能力，但不要成为一个网红”。

很快，星宇就要真正进入湘西的村子了，他想在湘西发起一个乡土研学项目，把城市的孩子们带到湘西的农村，让他们了解农村，喜欢农村。对创业路上可能有的阻力和困难，他早有心理准备，“如果不碰到这些事，甚至到那个地方都没有意义了”。

“中国现在还有八亿农民，现在很多自以为很优秀的人，其实并不知道我们这个国家是什么样的。所谓的‘精英阶层’，如果不主动去了解世界，是会被淘汰的。杨绛先生有一篇文章里写，我们要有那种多吃多占者的愧怍，这对我的影响很深。所以我觉得，要去做这件事。”

他眼睛里的光芒，让人跟着他一起对未来期待起来。

自序

Hey，这居然是本书

你要一个人面对社会的时候，就必须想明白自己是谁，要做什么。这不是讨好爸爸妈妈的答案，不是应付面试官的回答，这是你和我都终究要给自己的交代。

这是一本励志书，但这不是一本惯常套路的励志书。

惯常套路的励志书里，少年英雄意气风发，一帆风顺；惯常套路的励志书里，成功秘诀简单粗暴，指哪儿打哪儿。

我羡慕这些主人公，甚至常常模仿他们的行为，只可惜，不得不承认，我是没有那样的好眼光或是好运气的。

我不能在初三的时候就下定决心要考哈佛或是耶鲁，也没能在小学逛博物馆时就知道什么是“伪楚”，甚至连压线通过某场考试改变人生轨迹的事情也并没在我身上发生过。

我有的只是迷茫，与每一次迷茫时小小的不甘心、不服气，然后，折腾。

小时候，我与所有的孩子一样，经常被大人们半开玩笑地问：“咦，你长大了想做什么呀？”

“我想……”我支支吾吾答不上来。

医生？老师？科学家？脑海中翻来覆去也数不出几个职业的我，真的不知道长大了想做什么——我没法儿想象自己长大了是个什么样子，长大以后我究竟能做什么。

太多的励志书教我们不忘初心方得始终，说我们每个人小的时候都是敢大声说出自己理想的，有的想当科学家，有的要当宇航员，只是我们在长大之后忘记了最初的理想。我们只要不忘初心，就能飞天遁地，就能气势如虹。但事实不是这样的。

对于大多数人来说，当时的“理想”更像是一句玩笑。那个时候的我们不知道当科学家需要在实验室中付出千百个小时枯燥的坚守，不知道宇航员要经历怎样严苛的身体训练。我们的那一句“我长大了想做×××”，只是为了迎合大人们的玩笑而说出的另一句玩笑，是我们当时所能感知的小小世界里的一点点偏好而已。

或许，那个曾经的“理想”在你获得一支棒棒糖的奖励后就被抛诸脑后，或许你还坚持着那个“理想”，可我相信，“它”并没有让你减少半点儿成长途中的迷茫。

因为这个“理想”不是真实的渴望。

我是谁？我想要做什么？我真的可以做到吗？这些问题总是不时地出现在我的脑海中，每次它们都忽然出现，又转瞬消失，随之而来的总是一阵心慌，迷茫与无助。

“好烦。”每次想到这些问题的时候，我都皱一皱眉头，选择先睡一觉或打一局游戏，希望过后再思考，然后就不了了之了。

我又不是苏格拉底，何必总想着要认识自己！

小时候以为遥不可及的长大，转眼就到了眼前。“你想要做什么”变成了毕业时的“你要做什么”。

国内金字塔般等级森严的教育筛选体系，让我们逃避了好些年“要做什么”的困扰。随着大溜走，考尽可能好的分数，去尽可能排名靠前的学校就是你要做的事情，甚至毕业之后，找到安稳、高薪、体面的工作，大家才敢稍稍喘一口气。

可这些都远远不是终点。你要一个人面对社会的时候，就必须想明白自己是谁，要做什么。这不是讨好爸爸妈妈的答案，不是应付面试官的回答，这是你和我都终究要给自己的交代。

和那些早早确立了人生目标的励志书主人公相比，我实在太过

迷茫。

小学到初中，我唯一的心愿就是快点儿长高，高中又开始疲于应付各种考试，就这样稀里糊涂进了复旦大学开始学习国际关系。大学里我卖过化妆品，当过主持人，参加过很多演讲比赛。毕业时我考过公务员，也申请了国外的大学。我一个人背着包去过欧洲，去过朝鲜，也流浪过纽约的街头。我在纽约待过两年，混过创投圈，组过读书沙龙，研究过半年小岛屿国家要如何应对气候变化，找过国企工作，投过智库实习。

有些人会羡慕我生活的精彩，也有人觉得很多是东一榔头西一棒槌的无用功。但我知道，当我没想清楚自己到底想要干什么的时候，这些勇敢的尝试在一点点帮助我认识自己，认识世界。

毕竟励志书主人公拥有的视野和选择，对于大多数人来说都可遇而不可求。但抓住每一次身边的机会去尝试、去折腾，是你和我都能做到的。

我没法儿告诉你哪里会有捷径，但我相信你能在这本书中看到那些你的困惑、迷茫、在意和期许，你害怕掉下去的坑，担心走不过的独木桥。

我也哭过、摔过、迷路过，可你看，只要不停地跑，就会有新的风景。

PS

这是我第二次尝试写这本书的序，上一次是在大半年前，刚开始动笔写这本书的时候。当时我绞尽脑汁也不知道要说些什么，该给这本书什么样的基调，讲些什么样的故事。

嘴上再要强，心里对于完成一本书也还是有点儿忐忑的。要知道，这本书在我电脑里的文件名可是“Hey，这居然是本书”。

逼着自己去整理，去写作，看着文档上堆积起来的字数，一篇篇小故事逐渐成型，反而慢慢坦然下来。

真期待能通过这些文字认识你啊。

目录 | C O N T E N T S

序 曲

没有一站到底，何来山高水长

Chapter 1

就凭你，在无畏的年纪与命运死磕到底

目录 | C O N

Chapter 2

那些年，谁不在且卑微的时候折腾成长

Chapter 3

许多路，只需依心灵的方向一直走下去

T E N T S

Chapter 4
折腾了，生活才能变成你所渴望的样子

Chapter 5
这一刻，你可以一无所有却不能一无是处

后 记

序曲

没有一站到底，何来山高水长

你永远不知道一张机票会带来什么

所有付出，都会以另一种方式归来。

2016年5月初，我从纽约去华盛顿，上一门关于外交学的暑期课程。因为课程只有一个半月，又觉得租房太贵，我便投奔了上复旦时的老同学阿亮。

阿亮在华盛顿读研，和我一样也是一名“厅长”——客厅之长。好在他租住的客厅富余出一张气垫床可供我借住一阵。

不得不说，气垫床比小时候我在上海乡下奶奶家睡的钢丝床要舒服不少，起床的时候背上不会留下条条印记。只是，每天夜里气垫床总会悄悄漏些气，以致每天早上起床的时候，我总觉得自己是块培根蛋，被夹在了一块可口的三明治里。

我与阿亮分享的，除了客厅，还有一样的“苦大仇深”。我们本科都毕业于复旦大学国际政治专业，毕业后也都来了美国读研，还都继续学了跟政治学相关的专业。大多数人听到“国际政治”的时候，都会表现出一脸的“不明觉厉”，一些长辈还会说几句“以后肯定是当官的料”之类的鼓励话。

可真实情况是，我们每天课上与教授、同学聊的都是“中东”“南海”“朝核”等国际大事，课后却发现连一份有工资的实习或兼职都难以寻觅。两个已经大学毕业的“有志青年”，面对经济不能独立、生活不能自理的悲惨现实，每天只能过得异常清淡，总想着能省一点儿是一点儿。

所以，那个时候暑课结束想回国的我，最着急的事儿就是找个活动，蹭张机票。

蹭机票难吗？难，毕竟让人白白替你付万把块钱从来都不是一件容易的事。但在这个机会多元的年代，只要你用心去找，会发现还真有不少好心人愿意为你的折腾买单。

于是，在“假装”学术精英报名了一个田野调查营，又“伪装”成商界奇才申请了一个短期的MBA（工商管理硕士）项目后，我对免费机票的渴望，又帮我在一位主持人老师的朋友圈里发现了江苏卫视《一站到底》选手招募的机会。

其实，我之前并没怎么看过《一站到底》这档节目，对“2016世界名校争霸赛”这几个大字更是毫无感觉，吸引我全部注意的只是招募文案末尾的“提供往返机票”6个小字。于是，我迅速报了名，并很快把这件事儿抛在脑后，去准备另外两个项目的面试了。

三周之后，当我被田野营和MBA项目无情拒绝，正打算不甘心地自掏腰包买机票的时候，却收到了《一站到底》编导的视频面试邀请。

还记得，我就是被夹在阿亮的气垫床上参加的视频面试。

当时，我一口气连续探讨了“认识自己”与“认识世界”的两大命题——先讲了自己的经历，又回答了100道知识题。

不用聊学术创新，不用聊商业模式，我极其放松地跟编导们倾诉了我希望讲好中国故事的远大理想和当前“地命海心”的悲惨遭遇——“吃着地沟油的命，操着中南海的心”。

或许是出于同情，或许是意犹未尽，编导们跟我聊着聊着就开始笑得合不拢嘴，让我有一种自己可以谐星出道的错觉。大概这就是网上说的，“我讲的都是人生，无奈你却听成了段子”。

而那100道知识题更是让我喜出望外，当年高三的时候，为了准备复旦自主招生“千分考”，我用了近三个月死记硬背了各种“冷知识”。“千分考”是复旦大学很有意思的自主招生考试，共考查10门课，有200道选择题，共计1000分。你要在3个小时的时间里，在不用计算器的情况下答对百分之八十，以证明你有接受博雅通识教育的潜力。

再后来，为准备“国考”——国家公务员考试，我还有过一段被关在酒店的培训班里三个礼拜，每天不间断备考的经历。那三个礼拜，是我人生中第一次体验到极致“宅男”的生活，每天除了吃饭睡觉，就只剩下学习。但也是那三个礼拜，让我对公务员考试有关申论与行测的基础知识掌握得滚瓜烂熟。

谁能想到，当年为准备“千分考”和“国考”花费的时间，会在几年之后，在这100道知识题上派上用场。

一个星期之后，我接到正式通知，确定可以参加《一站到底》节目的录制。终于，我顺利蹭到了纽约至上海的免费往返机票。

在《一站到底》上获得“世界名校争霸赛”的冠军后，我被问到最多的问题是：“你怎么会想到参加《一站到底》？”

是的，就为了蹭一张机票。

生活中太多的成功与幸运其实都不来源于我们的精心策划，真实的奋斗远不像励志书里说的那么目标明确。

在这广袤的天地间，我们是太渺小太微不足道的存在了，就像路灯下的小蚂蚁，我们看不清，也不可能看清远处的道路，我们只是在迷茫地前行着，胡乱地尝试着，我们可能被站在更高处的人们嘲笑，被他们指手画脚，于是我们焦虑不安，于是我们踟蹰不前。

但其实，我们完全不用担心。因为正是在这每一次的迷茫前行与胡乱尝试中，我们才慢慢构建出了自己的世界方圆，寻觅到了属于自己的幸运与奖赏。

如果说赢得《一站到底》是我这几年经历的一次大幸运，那我想很自豪地说，让我与幸运相遇的，是最庸俗的理由和曾经最迷茫的折腾。伟大是不留神才能产生的境界，这些不经意的幸运，都源于那些年不具名的折腾。

过去，每次买完多次转机回国的折腾机票后，总有小伙伴眨着大眼睛问我为什么不直飞。

以前，我总会绞尽脑汁想一个冠冕堂皇的理由，比如想去看看哪儿哪儿的秋天，想去逛逛哪儿哪儿的免税店。以后，我一定淡然地笑笑，然后低头怼回一句：“因为穷啊。”

什么是你的流行十五分钟

编造神话是人们对于平淡生活提出的浪漫抗议。传说中的轶事变成了英雄晋身不朽境界最可靠的通行证。

——毛姆《月亮与六便士》

从华盛顿转机底特律回上海，再从浦东机场马不停蹄地直奔虹桥火车站，坐高铁到南京，总行程一万六千多千米，24个小时在路上。这就是我2016年前往江苏卫视参加《一站到底》节目录制的“漫漫长路”。一路上，我的身体渐渐感到了劳累，可心中的兴奋却肆意生长。

一直非常喜欢长途旅行，不管去哪儿，只要在路上，就让人觉得充满希望。

这是我第一次来到南京这个六朝古都，不知是因为刚好赶上晚高峰，还是因为金陵城英气逼人，在从南京南站到奥体中心的出租车上，看着川流不息的扬子江大街，我竟不由得有些紧张。到了这会儿，我才想起来自己是来参加比赛的，不禁记起了我小学班主任常说的一句打油诗：山外青山楼外楼，还有英雄在前头。

那天晚上，我们所有参赛选手都被安排住在了奥体中心边上的一家宾馆，然而节目组却不允许我们相互交流，不仅不让我们聊诗词歌赋、人生理想，连名字都不允许我们提前透露，说是为了节目效果，这让我不由得更加紧张起来。

不过，那一晚我也没太多心思来关心大家是不是“有故事的老同学”。我一直忙着准备各种时事热点，不停用“临阵磨枪不快也光”来安慰自己。我不记得那一晚我准备到了几点，只记得那一晚我是带着一个大大的问号入睡的。

我一直在想，如果我第一轮就输给了对手，掉进了坑里，铩羽而归，那这个我飞了24个小时回来录制的节目，是该让我爸妈看呢，还是不让我爸妈看呢？

这个大大的问号一直跟着我吃过了第二天的早餐，来到了节目的化妆间，变成了一个更大的问号。天哪！这些选手为什么可以长得那么惊艳呢？看到他们坐在化妆台前做头发的时候，我差点儿把

手里厚厚的一沓知识点掉在地上，心里百感交集。先是激动，觉得可以跟明星一起录节目了，然后是悲伤，心想，这下真是不敢让别人来看自己的丑态了，最后则是紧张。我不自觉地把手里的知识点攥得更紧了，忽然生出一种“没有颜值只能靠才华了”的大无畏心态。

就这样，我惴惴不安地拍了宣传照，走完了彩排，来到了正式比赛的舞台上。比赛时，每个人的自我介绍都让我眼前一亮，仿佛有种电影结尾大魔王交代剧情一般的兴奋感。

毕业于哈佛大学的“英语王子”张介英，43岁“高龄”的他看起来不到30岁，后来他告诉我们自己的保养秘诀是每天泡澡加慢跑；看了第一眼就惊艳到我的睿兮姐，不愧是中华小姐环球大赛的冠军，漂亮的五官和独特的气质让人挪不开眼；斯坦福大学毕业的许轶许大哥，在北京开了一家留学培训学校，他的身上不仅有硅谷创业者的勇气，更有对中国下一代的关心……

这些性格各异的选手个个都“身怀绝技”，节目中他们有些成了我的队友，有些则成了我的对手。不论是对手还是队友，每个人身上的闪光点都深深吸引着我向他们靠近。我们在后来一起参加节目的日子里日渐融洽，大多成了很好的朋友。

2

我本科的时候曾经在芬兰的首都赫尔辛基做过半年交换生，但我自始至终都觉得没法儿亲近这位“波罗的海的女儿”。相反，我很喜欢读硕士时的城市纽约，因为纽约是一个多元的大熔炉，在这里你从来不会觉得自己是“外国人”，而会觉得大家都是“外地人”。每个人都来自世界不同的角落，每个人都带着自己的故事，每个人都在纽约寻找自己的下一个篇章。

《一站到底》“世界名校争霸赛”的舞台像极了纽约这座城市，选手们来自五大洲，不同的国家。之所以来参加比赛，不仅因为我们是名校的学生，更因为我们有着不同的经历，不同的故事，希望与别人分享。

在节目舞台上，我提到，我感兴趣的领域是国际关系中的建构主义。我觉得权力不仅在于经济和军事实力，也在于讲故事的能力——如果我讲了一个故事，你相信了，那么我就对你掌握了权力。在舞台上来不及分享的是，在我的学习中，我发现要讲好一个故事，最重要的是要感同身受，将心比心，先认真聆听别人的故事。所以在台上，不论是队友还是对手，在听到大家从世界各地带来的故事的时候，我感受到了满满的幸福。

因为好的运气，我在首战中站到了最后，许轶许大哥在离场

前举起我的右手向我表示祝贺。他说：“名校的背景是我们的财富，不是一个负担。我们不要因为名校就觉得自己了不起，我们能为世界带来什么样的价值是由后人和社会来评判的。”这席话我很赞同，但我还想补充一句：“是不是名校也不重要，只要你活得精彩，有自己的故事可以诉说，那你的成功由自己也可以评判。”

决赛中赛制改换为团队赛，蒙队友们信任，我被推举为队长。很幸运，我和队友们在后面的比赛中一路勇往直前，拿到了“世界名校争霸赛”的总冠军。获得冠军的殊荣后，有编导老师问我作为队长，是如何带领整个团队拿到冠军的。

我一时不知如何答起，因为这真的不是我的功劳，我一直觉得一个团队中的每一个人都是不可或缺的。某种程度上，每个人都在编讲着自己的故事，每个人也都成了别人故事中的一抹颜色，大概团队的成功就是团队成员们的故事达成了某种和谐的共鸣吧。

后来，我在北京接受了一家杂志的采访，他们问了我一个问题——“你觉得《一站到底》是你流行的十五分钟吗？”

我知道他们想问的是什么。如果你去过大学艺术系的课堂，可能会发现很多同学在谈波普艺术创始人安迪·沃霍尔和他的名言

“未来每个人都能流行十五分钟”。正如他所预言的那样，电视“真人秀”很快开始出现并立刻火遍全球。

杂志社的问题让我想到了台湾作家李敖先生的一个故事。李敖先生年轻的时候十分崇拜胡适先生，非常希望听到他的讲演，于是，当胡适开讲座的时候，李敖费了很大功夫终于抢到了座位，并在接下来的一个月里连听了两场。

听完之后，他得出了一个精辟的结论，叫“大师之言，不能不听，不可再听”。他发现他第一次听胡适先生讲演的时候醍醐灌顶、如沐甘霖，可听第二遍的时候却发现内容大同小异。进而，他悟出一个道理，其实每个人的经历都可以浓缩成一场很好的演讲，几十年的人生故事与生活感悟如果汇聚在一个小时的演讲里，谁的演讲都会精彩无比。

可是，如果你的人生不再有新的折腾，或者你有新的折腾但还没有足够的时间沉淀，那么你也许翻来覆去就只有那么几段故事，那样再好的故事，听多了都会让人觉得索然无味。

从这个角度想，《一站到底》确实能算得上我的“十五分钟”，不过不是流行的十五分钟，而是求学的二十多年生活的一次小小总结。我在台上说了这些年我的一些真实想法，很开心能与小伙伴们产生些许共鸣。

2003年，纽约中央车站多了一个外表奇特的四方小屋，被称作“故事小屋”（Story Booth），其实是小型的录音棚。你只要花很少的钱，就可以使用这个专业的录音棚一小时，录下自己感兴趣的故事，也可以邀请亲戚朋友、路人，总之任何一个人进行采访。

这是戴夫·伊赛开创的普通人讲述自己故事的全国性计划，以帮助人们从身边发生的平凡故事中汲取力量。通过这样一个宁静的港湾，戴夫·伊赛发现了一件神奇的事儿，那就是每个人都在讲自己的故事，而每个故事都精彩绝伦，值得一听。

人生是一场漫长的旅途，途中你会遇到来来往往形形色色的人，即使是最亲的家人与朋友也不能陪你走完全程，可他们与你分享的或共同经历的故事却会陪伴你一生。

在下一段旅途中，愿你不会孤单寂寞，有更多好的故事可以听，可以说。

Chapter

就凭你，在无畏的年纪与命运死磕到底

不是「我爱你」，而是「就凭你」

如果螳臂当车是个笑话，那凭什么夸父逐日、精卫填海、愚公移山就能是流传千古的神话？

实在不算一个热爱写作的人，毕竟连一个日记本都不曾记完。我去请教一些出过书的朋友，问他们我该如何把文章写得漂亮，让人感动。他们给了我一个很有意思的建议，说是要在文章里多用“我爱你”。他们说写作就像告白一样，只有当你的读者感受到了你的爱意，你的文字才可以进入他们的内心，和他们产生共鸣。

我觉得这很有道理，于是想在自己少年时候的日记里寻找一些关于“我爱你”的小故事，可翻着翻着，却悲伤地发现，在我过去的故事里，最能打动人的三个字，不是“我爱你”，而是“就凭你”。

幼儿园的时候，我是个弱不禁风却热情似火的孩子，那个时候，坐车还不用买票的我每天5点半就催着我妈起床，早早把我送去离家半个小时路程的幼儿园，就为了争做第一个到班里的小朋友，总觉得只有这样，才能有完整的一天。

因为我的积极，印象里，幼儿园的老师们还挺喜欢我的，多出来的点心总会拿给我吃，想让我补补营养快点儿长个儿。难得有个什么活动也会特别关照我，让我去锻炼锻炼。于是，大概在中班的时候吧，我就有幸参加了人生第一场语言类“选秀”赛——“小青蛙”讲故事比赛。

那个时候，对于参加比赛，我是很上心的，一口气买了三四盒“黑猫警长”的故事磁带在家里反复听，认真准备，一心盘算着要赢个冠军，让老师们，更重要的是让隔壁班的小女生们都喜欢我。

可惜，当时在我和奖状中间横着一个小小的阻隔——我有点儿口吃。

比赛那天，我出奇地紧张，从额头到手心都冒着冷汗，练习的时候只需讲3分钟的故事，结果我讲了足足6分钟。我把每个词都重复了一遍，可重复一遍别人还是听不懂。

台下的小伙伴听得迷迷糊糊，便忍不住开始窃窃私语。我顿时羞愧难耐，仿佛被人从后面突然扒下了裤子，我恨不得找个地洞钻进去。就在这个时候，我隐约间听到了小伙伴口中传来不屑的三个字——就凭你。那是我人生中听到的第一个“就凭你”。

短短三个字燃起了我当时小小的身体里所有的倔强，让我升起一种誓与“讲故事”死磕到底的决心。接下来，我竟在台上表现得出奇地好，算是我第一次“超常发挥”了。

后来，我在高中加入了广播台，在大学获得了主持人大赛的冠军。回想起来，这都要感谢当年的那句“就凭你”，它就如刺股的锥，束发的梁，让我一刻都不敢松懈。

回忆一下，你上一次听到或者感觉到“就凭你”是在什么时候？是不是有血脉偾张、咬牙切齿的感觉？

大概那是在你高考前的夏天，你考砸了区里的“二模”，但在填志愿的时候，你依然一笔一画地写上了“北京大学”，全然不顾班主任在旁摇头叹气。

大概那是在你毕业前的那个冬天，你满怀期待地投了近百封简历，不料它们全都石沉大海，了无音信。回家过年敬酒的时候，你仍自信满满地说，我一定会留在上海，虽然转身就瞥见爸妈眼里满满的怀疑。

大概那是在你组乐队，打球赛，写小说，拍电影，开公司，使劲儿折腾的第一个月里。你听到了许多“关心”，他们说“省省吧，别不务正业了”。当然，也有好多类似的“鼓励”，“你先试试，不行就算了”“放弃吧，这不丢人”。

被千姿百态的“就凭你”一再冲击的东西，我们就管它叫“理想”吧。

“我爱你”从来都不是一句会让人成长的话。在感受到他人的喜爱时，我们免不了沾沾自喜、扬扬得意，于是有恃无恐，于是安于现状，于是驻足不前。

“我爱你”更像一张贴在荣誉榜上的奖状，它能肯定你的过去，充实你的现在，却不能指引你的未来。有人开玩笑地说，即使在追求你的“男神”“女神”的时候，“我爱你”也永远不该是“进攻的号角”，而只能是“胜利的凯歌”。

而“就凭你”三个字则全然不同，它轻描淡写地否定你所拥有的现在和将来，它轻而易举就能激起你的愤怒，甚至它让你感到孤

独，让你怀疑自己。

年老的时候，人们常常会被“就凭你”打败，因为过去的，已经无能为力，太多的事虽然不甘心，可剩下的岁月不多，最后只得妥协。

年少的时候，人们总没那么容易服气，每一句“就凭你”似乎都是往燃烧着的青春上添加的一把柴。有的时候，这把柴压得太厚太重，会扑灭心底的火苗，可更多的时候，它让少年心中的小小理想烧得更旺，变得更加倔强。

更重要的是，“就凭你”还是每一个好故事的开始。我常想，如果螳臂当车只是个笑话，那凭什么夸父逐日、精卫填海、愚公移山就能是流传千古的神话？

从幼儿园听到第一个“就凭你”，到高中到大学，再到研究生，从上海到纽约，经历了一些年月，辗转了大半个地球，也听了不少道理。有一天，突然接到邀约，希望我写写自己的故事。我决定试着努力，算作另一个“就凭你”的故事吧。

当然，我不是在推崇“一条道走到黑”的歪理。这世上本没有哪条路一定是对的，虽然读书是多数人的选择，但也有人大可以自信地说："老子心灵手巧，喜欢做电工活儿，你干吗非逼着老子考北大？"我们每个人当然可以选择自己的路，只是请记得，就算条条大路通罗马，路上的荆棘也还是需要我们一棵一棵除掉的。

我不是在怂恿别人变得歇斯底里，声嘶力竭的情歌并不动人，慢火熬成的粥才最养人。乘风破浪捕鲸是一种理想，石涧清流垂钓也不失为一种情怀。

我知道，就凭我，是讲不出什么成功的道理的。成功，是一件太大的事儿，那是一个人在盖棺论定的时候才敢用的词，而我，别说成功，就连"成人"也不过是正在经历的事儿。所以，我只能与大家分享一些我不服"就凭你"，而开始"瞎折腾"，与自己死磕到底的故事。

我希望自己写下的故事，能让同在成长路上跟我一样曾经迷茫彷徨的朋友们不再觉得孤单，在面对下一次选择的时候多一些勇敢。毕竟，就凭你，就凭我，就凭年轻的我们，也是可以做成很多事情的。

地下室里的补习班

我喜欢每次从补习班出来看见天都黑透了的感觉，仿佛自己就像一只刚从笼子里被放出来的小野兽，一溜烟地跑回家，将身影深深埋在这黑夜里。

前些天，听我妈说起亲戚家一小孩快高三了，她妈为了给她选到合适的补习班每天下班跑去各种教辅机构考察，忙得焦头烂额。我这才发现现在的补习班比我上学的时候更多更专业了。小朋友们从出生开始就被送去各种早教班，学游泳、听古典乐，稍稍长大一点儿又要背诗、学外语、考奥数，一刻也不得闲。

我想起了我上学的时候，那时的我算是被“放养”长大的。在上海乡下自由自在惯了，回来上学只要按时完成作业，不让老师把

我妈喊去办公室就算万事大吉了。

我妈更是个妙人，每次早上我想赖床的时候，总是“怂恿”我一整天都不去学校上课，让我睡得饱饱的起床，然后再看书写作业。同学们都羡慕得不行。

我就在这样宽松的环境下，悠悠闲闲地晃荡到了初三。

初三的我面临了人生第一次选拔性的升学考试。虽然这个第一次比现在从幼儿园开始就接受笔试、面试的00后小朋友晚了很多，但当时的我还是深深为自己捏了把汗。

升学考试的几套模拟卷做下来，彻底暴露了我知识体系中的各种漏洞。感觉平常的考试自己还能靠小聪明糊弄糊弄，可一到这种综合性的大考就不能侥幸过关了。当时，自己测试出来的真实水平，距我心目中理想的高中，还有不小的差距。

就这样，拿着模拟试卷的我在盛夏的上海感到后背一阵发凉，心里第一次感到这么慌张。

我一直记得那天走在回家的路上，平常不显眼的课外辅导机构的招牌一个个争相抓住我的目光，似乎每个都在喊着“选我，选我，选我”。

回家后，在爸妈的参考意见下，经过一番商讨和比较，我自己拿主意选了一个条件最为简陋，坐落在半地下室，只有半扇小窗户

透光的补习班。

我喜欢这样狭小逼仄的环境，好像在这里可以把脑海中多余的杂念都暂时放到一旁，把有限的脑容量全部留给需要学习的知识。

环境对人的潜意识影响非常大。大家可能都能感觉到，如果教室里你身边的同学都在奋笔疾书，你就更容易投入学习；如果你身边全是玩耍的同学、零食、宠物，即使你自己不想分心，它们也铁定会吸引你的注意力。

当你自己无法做到专心致志的时候，完全可以借助外在的“结构性力量”，去图书馆也好，待在教室也好，总之要学会将自己投入一个干扰最少的地方，让自己养成安静学习的习惯，慢慢培养自己的定力。

后来在复旦读书的时候，我常能在教学楼里看到一些扎根教室的考研学生。他们通常一个座位，一个水杯，一袋面包，一摞书就能待上一整天。为了保证自己专心投入，他们一方面将复旦这样理想大学的氛围作为“奖励”送给自己，另一方面也利用教室的环境排除干扰。似乎大多数这样的“考研党”，经过一番努力，最后都能如愿考进自己心仪的高校。

而当时小小年纪的我可没有想明白这么多道理的超前大脑。我当时更多是凭直觉和决心，抱着卧薪尝胆也要拿下中考的想法，走进了这个半地下室的补习班。

中学时代的补习班似乎是青春小说中惯用的环境因素。比如，教室里互有好感但交集甚少的男生女生，恰巧在同一个补习班上课，于是满屋子都是雀跃的心跳声。再比如，都标榜自己只爱打游戏，从来不学习的“学霸”们，在校外补习班的走廊里尴尬相遇。

可惜，这些巧遇的片段在我的补习班里都没发生过。我只记得黑板上方的小电扇，“咿呀咿呀”地转着，把白炽灯的光线打散，投在本子上一晃一晃的。给我们上课的老师不像学校的老师讲很多考试的注意事项，只是本本分分地，一道又一道地讲着题。

补习班的同学们来自各个学校，大家偶尔在课前叽叽喳喳打听着你学校有我认识的谁谁谁，我也认识你的朋友某某某，但更多的时候都是各自安静地写着作业。不像同窗多年天天见的同学，每回课间都要像大闹天宫一样疯一场。

我喜欢每次从补习班出来看见天都黑透了的感觉，仿佛自己就像一只刚从笼子里被放出来的小野兽，一溜烟地跑回家，将身影深

深埋在黑夜里。

我上补习班的日子虽然很短，但这短短数月全心投入的效果却很明显。我越来越明显地感受到静下心来主动学习和平日带着浮躁心态学习有什么不同。以前，家长和老师耳提面命“要静心”的大道理总是被自己当作耳旁风，现在自己经历了才算懂。那之后的我，就像一直胡乱学功夫的傻小子突然被打通任督二脉，一下子开了窍，找到了自己的学习状态。

升学考试转眼就过去了，补习班我后来再也没去过。但当时找到的状态却一直陪伴着我，鼓励我面对学习和生活中一次又一次挑战。

我一直没有找到合适的词来描述当时的状态，直到遇见这段话：“回头想想你人生的成就吧——那些最令你自豪的成就。我敢和你打赌，它们都是用辛勤的劳动、不畏艰难的坚持和集中的注意力换来的。你大可以舒服地休息，不去理睬它，但你并没有那样做。当放弃会带来更大的乐趣时，你远离了诱惑；当你大可选择相信自己很牛，不需要进步从而自我感觉良好的时候，你对自己既挑剔又诚实。”

希望你也可以遇见自己的地下室补习班，收获一份努力的心境。

哪怕只是微弱的闪光，也值得拼尽全力

没有高尚者，没有卑鄙者。都是众生相，都是凡人歌。

微博上曾经有个很火的故事。

故事讲的是一个初中同学和地理老师的故事。这位初中同学是中学时代典型的小混混，有一搭没一搭地念着书。他家开了个卤菜店，父母和他本人都对自己没什么太高的要求，反正“十八线”小城镇悠悠闲闲的日子怎么都能一天天地过。

可这个小混混在地理方面却有着超强的天赋。每次考试，其他科目他都考得一塌糊涂，唯有地理随手就是满分。走在山脚下、河

边，那些石头的构造以及成分，他都一目了然，甚至还能看云识天气。老师深信他是难得的地理天才，愿意支持他把其他科目补上，撑到高三考上一所大学，以后他只要再努努力，去中国地质研究院也不是没可能。

看到这里，你是不是和我一样，以为博主要讲一个逆袭的故事？然而奇迹并没有发生。

小混混辜负了大家的美意，他拿着地理老师给的补课钱买烟抽。好不容易上到初三，完成义务教育就开开心心地辍学打工了。而那位地理老师，在小混混离开学校的时候，还郑重地送给他一套很贵的地理百科全书。

再然后，好多年过去了，地理老师也退休了，小混混继承了他父母的卤菜店。老师没事儿的时候去买卤菜，两个人就坐在那儿抽烟聊天。

小混混说，很感谢老师当年对他的鼓励，虽然自己后来没有取得什么大的成就，但那些鼓励在他心里留下了一道光，伴他找回了光明的自己。

我很喜欢这个故事，它让我想起了很多自己小时候的事。

我小时候在上海南汇乡下和爷爷奶奶一起生活。每天傍晚的时候，村子里的老老小小都在大院里乘凉。大家说说笑笑，我们小孩子在一边也打打闹闹。这种时候通常都还有一项重要的娱乐活动——打扑克牌。大人们借此耍些零钱，小孩子则赢些瓜子糖果一类的。我每次都能大胜而归，感觉自己在打扑克上简直是天才，于是也闹着要和大人们玩儿。奶奶经不过我软磨硬泡，每次出门都会带上傻乎乎乐呵呵的我。

说巧也巧，我还真的是场场小赢。再加上村里叔叔伯伯阿姨婶婶都疼我疼得不行，个个都说我是顶顶聪明的。奶奶更是不停地夸我，鼓励我，让我觉得自己仿佛真的是个小天才。后来我到上海市区念书，然后出国，在成长中发现自己是个再平凡不过的普通人。可每次我被困难弄得心灰意冷、垂头丧气、自我怀疑的时候，奶奶都会说："孩子呀，你是最聪明的呀，你打小就聪明，小时候我带你打牌打遍全村记得伐，大家都说你是机灵的呀。"

对，没错，我知道拿这样陈芝麻烂谷子的小事儿出来说有点儿好笑，但奶奶每次说起这件事的时候，我都能切切实实地得到安慰。就好像，有一种充满底气的被信任感。

我还想起来一些同学。

初中的时候，班上有位男同学总是很沉默地用功读书。他皮肤很白，一有女生和他说话他就脸红。尽管他非常努力，但各科成绩都一般般。初二的时候我们开始学生物，因为是副科，很少有人重视，坐他旁边的我却看到他把教科书翻了又翻。

某天下午，老师忽然抱着生物卷子走进教室，什么都没说就开始让大家做。大家都敷衍着潦草交差，没当回事儿。两天之后成绩出来，这个男生居然拿了全校唯一一个满分，而且是在第二名只拿到80分的情况下。生物老师当场任命他为生物课代表。这个男生从此有了“生物小天才”的标签。虽然他和我们一样都在高考的压力下和生物渐行渐远，但这个标签却永远留在了我们所有人心里。

我们班上还有个文文静静、瘦瘦小小的女生，平常连说话都悄声细语的。班里要选派同学参加朗诵比赛，老师为公平起见，决定让每位同学都上台背诵一段课文。有参赛意向的同学你看我我看你，都摩拳擦掌想争取有限的名额；不想参赛的同学也权当老师抽查背诵一样去完成任务；还有一部分同学则在嘻嘻哈哈地搞怪。总之，大家都开心不已。

等到这个女生上台的时候，大家都觉得她不过是为了完成老师布置的任务，根本没把她当回事儿，可她一开口朗诵，那气势顿时震住了全场。等她结束朗诵害羞地跑回座位时，大家都还吃惊地呆了好大一会儿，随后就是雷鸣般的掌声。大家毫无异议地选她出战。那次她的战绩我已经不记得了，但那天下午她开口的惊艳，我想没有人会忘记。

所有这些故事中的主角，他们的生活都没因当时那一件“大事”而有什么大的改变。又或者说，“故事平静地讲述了生活间的一切，一直到最后也没有奇迹发生”。

生活用时间的力量静默地消化着一切，很多以前看起来那么神奇、那么不可思议的事，过去之后再回头看，其实也并没多么神奇，甚至一切都那么一目了然，那么简单明白，包括中考、高考、初恋、第一份工作。同样，无论我们当时或者处在当时那个情景中，觉得一切多么不可能做到，时间总会告诉我们过去觉得困难的事，实际上完全不像我们想的那么困难。

小时候自己打遍“天下”无敌手的牌技，不过是因为记熟了所有花色，再加上学了一点儿加减乘除的技巧。初中那位“生物小天才”逆袭的那次考试，考查的其实不过是生物学里入门的科普知识。而我们班那位文静女生的惊艳演讲，从专业的角度看，也不过是一次动情的声嘶力竭。但无论如何，对当时身处其中的每一个我们来说，那都是属于我们的时刻，是我们“英雄闪光”的瞬间。

生活很多时候都略显平淡，这样短暂的瞬间自然也不足照亮我们漫漫的人生长路。遇到挑战，你还是会慌张，会迷茫，会不知所措，该失意的时候还会失意，最后你可能也没有成为地理学家、生物学家、主持人，你可能只是一家公司的小职员、店铺的小老板……但那一刹那的光亮，闪耀过后一定会变成挂在天上的一颗小星星，哪怕它遥远的粼粼波光不够温暖你，也依然会为你闪耀。抬头看看就知道，它们真的存在，它们是你的。

而这些故事里的过来人呢，地理老师、奶奶、起哄的邻居们，以及欢欣鼓舞的同学们，他们用最本能的善意呵护了每一个哪怕微小而脆弱的希望。最终，大家一起成全了彼此在纷繁的大千世界里、疲惫生活中的英雄梦。这样的梦想永远值得我们为之付出努力，因为正是它们构成了我们令人欣喜的命运的星空。

是不是天才，都要活成自己喜欢的样子

世界上或许很少有真正的天才。更多的成功者，只是那些相信自己可以做成某事，然后极尽所能逞强坚持的“傻瓜”罢了。

回想一下，你有没有过这样的经历——

拿到一张数学考卷，觉得每一道题都似曾相识，可是每道题都无从下笔，最后看着卷子上格外刺眼的分数，脑海中闪过：算了，我没有学数学的脑子。

学校里中秋或者是国庆晚会征集节目，身边的小伙伴们又是歌曲串烧，又是钢琴独奏，而自己却什么都不会，觉得自己毫无艺术细胞。

看朋友圈里小伙伴们晒着诱人的美食与羡煞人的风景照时，你也心血来潮去买了单反，可胡乱摆弄几下，拍出来的照片好像和用手机拍的没什么区别。哎呀，你想，我就没有摄影的天赋。摄影设备从此被你冷落在角落吃灰，你依然只能默默给摄影大神们点赞。

相信我，你不是一个人在战斗，至少，我和你一样。

我们常常都在讨论天赋与努力的关系。

比如，我们从小都是听着“笨鸟先飞”“龟兔赛跑”的故事长大的。可当童话渐渐褪色，我们有时难免会觉得，乌龟或许就不该和兔子比跑步，笨拙的鸟最后还是会成为队尾落单的那一个，甚至还会因为出头先飞被同伴嘲笑，被猎人最先一枪崩掉。

我们在成长的过程中，必然会和身边的同学、朋友相互比较，慢慢地，会不断发现自己的不完美，甚至弱点：“数学对我怎么这么难呀”“在球场上我怎么总被别人虐呀”“喜欢的人为什么总是注意不到我呀”……

面对弱点的应对方式无非两种：躲开，或者跟丫死磕。

于是你会看到，数学没学好，有的同学会不断刷题，有的则会在其他科目上下功夫，补上数学的短板；篮球打不好，有人就泡在球场上练，有人则转向网球、棒球、乒乓球；喜欢的人注意不到我，既可以千方百计讨ta欢心，也可以就和喜欢自己的人做朋友呀。是不断挑战自我，还是躲在舒适圈里，是人生的一种重要选择。

这种选择看起来是简单随机的，可事实上，它并不像我们想象的那样简单。心理学研究表明，这样的选择是由潜意识中的个人信念决定的。个人信念是我们对智力、性格、品德等个人品质的认识和判断，而其中最重要的一点是，我们认为人的智力、性格、品德等因素是天赋决定的，还是后天可塑的。这种个人信念不需要经过深思熟虑，甚至我们根本意识不到，但它切切实实影响着我们的日常选择。

也就是说，你相不相信天赋是可以通过后天学习和努力改变的，是决定你面对挑战时迎难而上还是躲避退让的关键因素。

在漫长的人类社会发展进程中，每隔一段时间总会有人在某一时刻停下手里的工作，开始思考天赋与努力的关系，进而思考社会公平与效率的问题。

有人说，以我们绝大多数人的努力程度，根本还轮不到拼天

赋。看看我们每天的生活，还有大把的时间浪费在无所事事中，那些你声称热爱的东西，你也大都只是浅尝即止，并没有去花时间钻研，去践行“一万小时定律”，所以，你没能成为“大师”。

可也有人说，百分之一的灵感往往比百分之九十九的汗水来得重要，努力只能造就优秀，唯有天赋才能创造伟大。周星驰电影里的小人物成了英雄，不是因为他们超人的努力，而是因为他们天赋异禀，外加天赐良机。

他们说的都有些道理。

我不由得想起了小时候常听的一首儿歌《蜗牛与黄鹂鸟》。歌里，一只蜗牛背着重重的壳，一步一步往葡萄树上爬行，却被两只黄鹂鸟嘻嘻哈哈地嘲笑。“葡萄成熟还早得很哪，你现在上来干什么？”蜗牛说：“阿黄阿黄鹂儿不要笑，等我爬上它就成熟了。”儿歌到这儿戛然而止，它似乎是在赞赏蜗牛的努力，却没有给我们一个最终的结局。

后来呢?

或许蜗牛爬上葡萄树的时候，葡萄刚好成熟了，它如愿以偿地吃到了美味的葡萄；又或许没等蜗牛爬上葡萄树，葡萄就被黄鹂们分吃了；还有可能，蜗牛爬上了葡萄树，葡萄也刚好成熟了，可是缓慢的蜗牛还是没能争得过会飞的黄鹂鸟，它们扑棱扑棱翅膀，在蜗牛的面前把葡萄摘走了。

你更相信哪一种结局呢？更相信天赋还是努力呢？

前一阵，网上有这样一段流行语："为什么对于绝大多数人来说，情商比智商重要？因为对绝大多数人来说，根本没有智商的高低。"我觉得这话不无道理，在我看来，天赋与努力从来都不是对立的两件事，相反，它们相似极了。

从某种程度上说，对一件事情能持续保持热情，不断地努力，就是你对这件事的天赋；而你对一件事情最大的天赋，或许也正是对它的专注与坚持。

从更深的层面来看，人们对于天赋与努力的讨论，其实源于对控制感的渴望。我们都想更多更全面地掌握自己的人生，于是励志书里"只要努力就会成功"的简单粗暴的公式，刚好能迎合人们的心理需求，因为在大家眼里，"天赋"是不可控的，而"努力"是在自己的掌握之中的。

如此说来，世界上或许很少有真正的天才。更多的成功者，只是那些相信自己可以做成某事，然后极尽所能逞强坚持的"傻瓜"罢了。

岔开一句，相信努力比天赋更重要，不仅在个人成长上能遇到更好的自己，还能鼓励你遇到更好的朋友。

有学者曾在情人节做过一个有趣的实验，让10~12岁的孩子们互赠情人节礼物。那些倾向于相信自身品质不变的孩子，会更多地把礼物送给确定会回赠礼物的熟悉的朋友；而相信性格能不断改善和纠正的孩子，则会把礼物送给自己更想了解的新朋友。

小小的一个尝试，或许就是建立友谊最好的契机。

同时社会调查也表明，相信努力可以改善个人境遇的人，在与朋友发生矛盾和争执时会更倾向于沟通和交流，而不会质疑“我是不是交错了朋友”，从而选择逃离或疏远一段关系。

我们都有从小玩到大的朋友，有些走着走着就散了，有些就是分开再远也像在身边一样。这与我们内心坚持的理念都有很重要的联系。

我就有一群从初中玩到现在的死党。一开始大家都互相看不顺眼，在课堂上互怼，在球场上较量，争争吵吵，打打闹闹。我们都在时光中成长，当初的一群小屁孩，现在飘散在世界各地。有在澳大利亚打半职业篮球赛的，有在四大会计师事务所做审计的，有做古钱币鉴赏收藏的，无论在哪儿，在做什么，因为能够理解和鼓励彼此成长，我们始终是很好的朋友。

你肯定也有因为羞涩和胆怯错过的朋友，因为隔阂和固执走散的朋友吧。在遇见更好的自己的过程中，也不要错过他们呀。

去做一个春风化雨的共情者

只有一种办法赢得人心，那就是让自己成为人们会去爱的人。

——毛姆《面纱》

9岁那年，我和几个小伙伴在院子里玩沙包。其中，住在我家隔壁的女孩小H在抢沙包的时候不小心碰到了我的胳膊。虽然年岁相当，但她早已高出我一大截，瘦弱的我很是不服气，加上这一碰实在很疼，气不过的我也推了她一下。谁知在我收手的瞬间，她竟使出“洪荒之力”对抗，一把将我推倒在地。

炎炎烈日炙烤着大地，远处时不时传来蝉的鸣叫。身上沾满灰尘的我气得大哭，爬起来咬牙切齿地吼：“你这么坏，难怪你妈妈不要你了！我们都有妈妈，就你没有！”

小H听完我的吼叫，呆呆地愣在原地，没哭也没恼。周遭安静得吓人，就连远处的蝉鸣似乎也突然停止了。

正在煮饭的我妈闻声跑来，朝我的屁股狠狠地打了好几下，并且严厉地命令我：“快对小H道歉，马上！”

打我记事儿以来，我妈第一次对我这么凶。我被吓住了，汗水和泥土的混合物不时从额前滴下来。我嘴上怯生生地嘟囔着“对不起”，却不知道自己究竟做错了什么。

我妈抱过小H，抻了抻她满是皱褶的衣服，捋顺她从未被梳好的头发，在她脸上亲了又亲，反复对她说着“对不起”，又带小H到商店，买了好多糖果和玩具送给她，一再安慰着：“你的妈妈只是因为实在受不了病痛的折磨，到天堂治病去了。等病治好了就会变成天使保护大家！你的妈妈是世界上最伟大的妈妈，你是好孩子，我们大家都喜欢你。”

刚刚不知所措的小H突然搂着我妈放声大哭，嘴里还一直喊着：“妈妈……妈妈……”

那天晚上，我妈把我叫到身边，给我讲了一个故事——

王伯伯是母亲的前同事。提到他，人们统一的评价是：这位先生说话太难听了。他说话美其名曰不掺一丝虚假和矫揉造作，但丝

毫不顾及别人的感受，总像一把刀直插对方的要害。

这位王伯伯之前有个朋友，大家称他为老李。老李离过婚，摆酒设宴庆祝二婚之喜时，王伯伯作为朋友也应邀出席。酒过三巡，平时寡言的王伯伯话多了起来。他对着老李的新婚妻子说：“嫂子，你是不知道老李原来的妻子有多么漂亮贤惠，今天娶了你，我不得不感慨，真爱的力量还真是伟大啊！”

还没等话说完，和新郎同来敬酒的主婚人咳嗽两声把王伯伯推到了身后。王伯伯端起酒杯似乎还要吵嚷些什么，同桌的亲友干脆夹起一个馒头，塞进了他的嘴里。

大家倒希望他是酒后失态说起了疯言疯语，但当时老王的模样又清醒得很，大家都尴尬地低下头夹起菜来，没人再去理会他。老李的妻子转身去别的桌敬酒了，再没来王伯伯这一桌。

这些年来，因为说话不懂得变通，王伯伯得罪了不少人。人们甚至认为王伯伯的儿子之所以天生聋哑，正是由于当父亲的没有积下“口德”。

王伯伯依旧作为“话题终结者”游走在大家的尴尬之中。最让人哀叹的是，王伯伯竟然时常以自己的“人生真理”教育他的儿子：说话切不可阿谀奉承，实事求是最重要。

直到有一天，王伯伯的儿子被人贩子拐走了。

人贩子和王伯伯不同，能说会道是拿手本事。楼上的胖婶是目击者，那天她买完菜回来走在楼道里，人贩子正领着王伯伯的儿子从楼上下来。人贩子和胖婶擦肩而过时，胖婶甚至往边上让了一下。

老王的儿子为什么会跟一个陌生男人走了？胖婶心里当时也有疑问，但很快她就不想了，反正这不关她的事儿。她不想和王伯伯有过多交流，甚至都不想开口向他问一句。

后来警察问到胖婶时，她才说出自己目击的情况。王伯伯怒目圆睁地对她咆哮："你这个恶毒的死胖子，为什么不早告诉我？我儿子如果有什么三长两短，我要了你的狗命！"

胖婶脸上没有任何波澜，瞥了王伯伯一眼说："瞧瞧，你一说话就这么难听，我躲你都来不及，谁还敢关心你儿子的安危！"

后来老王没再说过一句话。人们看他时常背着一个印有"聋哑学校"字样的书包出现在小区内外，神色木然，风吹过他如羊毛一般细密和雪白的头发。

说完这个故事，母亲沉默了，看看我。我低下头，想着今天我对小H说的话，那也是用刀子在戳她吧？

随着自己慢慢成长，我越发觉得当年对小H的伤害残忍至极。这份源于年少的羞耻，逐渐在我心里生根发芽，甚至长出恶魔般的

枝叶。有时我会在内心反复念叨那句“对不起”，也会反复督促自己一定要修炼话术与共情能力，用春雨甘霖浇灌内心，弥补童年的过失。

在沟通艺术越来越被重视的今天，敢不敢开口表达，会不会睿智交流，能不能设身处地站在别人的立场共情地思考，讲出如和煦春风般温暖的话，成为考量情商的重要因素。

在“最令人恐惧的事物”排行榜上，公开演讲高居榜首，排第二的则是死亡。也就是说，对很多人而言，在葬礼上发生的最糟糕的事情不是自己躺在棺材里，而是被选去致悼词。这是美国著名脱口秀演员杰瑞·宋飞讲的笑话，恶毒又好笑。

不过实际情况确实是，不管男女，总有一部分人来自“社交会死星”。因为不会说话、懒得学习社交技巧，索性就把自己封锁在一个自认为安全的孤岛上——害怕课间休息时和同学聊天没有共同话题，干脆趴在桌子上装睡；害怕上班时在电梯间遇到同事，宁愿戴上耳机爬楼梯……

可能是爱折腾的我实在耐不住孤独，总觉得身处沉默的氛围自己便浑身不自在。于是，我变成了很多场合的“破冰担当”——

上幼儿园时的我，即使口吃也毫不吝啬地向新的小朋友“推销”自己，给大家讲故事；中学，因为敢说敢做，我被老师选派为出访台湾的队长；后来到了美国，在史泰登岛与形形色色的人住在一起，我也乐意主动敲门认识大家，组织聚会庆祝节日……

如果真有“社交会死星”的存在，我想我可能是“不折腾会死星人”吧。

在知乎“把天聊死，是一种怎样的体验”的话题下，曾看到这样一个答案——

在某期《鲁豫有约》上，请来的嘉宾是张朝阳。聊到当年的辛酸岁月，张朝阳望着远方，一副写满故事的表情，缓缓地说道：“我当时坐在飞机上看着那个月亮，圆圆的月亮，万念俱灰，真的就觉得……”

感伤的画面已经浮现在脑海了。鲁豫突然插了一句：“坐飞机上怎么能看到月亮？”愣了几秒，她自问自答：“啊，通过窗户能看到。”

“呵呵呵。”张朝阳无奈地笑了。氛围被破坏得一干二净。

两个人聊天，却进入不了对方的频道，总想插几句话显示自

己的存在，就这样把天聊死了，这种尴尬的情形也不时出现在我们的生活中。搭乘地铁时经常看到两个人自说自话，一方刚分享了自己的趣事，还没说完，另一方提高嗓门打断对方：“你这都不算什么，我那次才叫精彩……”于是自顾自地说起自己的经历了。一方再打断，另一方再打断……在一旁的我，被这种叠罗汉似的谈话搞得晕头转向。

倘若有朋友向你分享趣闻，不如先面带微笑地倾听，试着将自己“乔装打扮”成对方，体会那种设身处地的快乐。倘若能称赞几句，或者共情地谈论几句便再好不过了。久而久之，你会发现，在欣赏别人故事的同时，你自己的眼眸也会更亮，胸襟也会更宽。

愿你我都能成为春风化雨的共情者。

Chapter

那些年，谁不在且卑微的时候折腾成长

除了目标专注，所有前进的路无非歧路

我觉得高三最重要的意义，就是你自己全力拼过，然后知道你可以，你也确实可以。知道自己用尽全力是什么样子，就不会再害怕那些小风小浪。

总有人想回到过去，倒不一定是要改变或者重来些什么，因为大多数时候人们自己也不知道在怀念的是什么。再不同的时代，也有相似相通的体会。就像反复相同的呐喊，分不清是发声还是回声。

大多数人都是懵懵懂懂走到人生的下一步，才回头看清当初的自己，于是恍然大悟地感概：“原来是这样啊。”即使还是不能看清，但模糊的回忆滤镜，正好是宽容自己的最佳方式。

市场上大把的青春片，瞄准的都是迟迟不肯走，妄想抓住青春尾巴的我们。几十块钱，给你两个小时的自我代入。正青春的主人公们在高中的紧张生活中，同样没有那么多伤春悲秋的空闲，有的也是当时和我们一样的一刻不得闲的期望。

80、90后开始感慨中年危机，摇滚的精神代表、当年如铁汉一般的男人——黑豹乐队乐手，如今“端着保温杯向我们走来”，引发了大家的集体感慨，而00后的朋友正着急在对世界澄清“这才是00后，那些05后的锅我们不背”。

时间公平到刻薄，对谁都没有偏爱。

一晃这么些年，对于高中生活，回忆起来好像也不曾褪色。

相对于真正的高三生活，高中阶段始终萦绕在我心头的，是高一高二时对高三的恐惧。前辈高三的经历，添油加醋后，总是让当时未曾经历的我们感到惶恐。高中一位学姐的故事，就在当时深深震慑了“年幼”的我。

这位学姐据说高三整整一年没有踏出过校园一步，没回家放松过一天。要知道，我们高中可是寄宿制高中，人人都像盼星星盼月亮一样地等周末，这样就可以回家好好休息那么一下。

据说学姐是这样解释的："大家都知道回家好，家里有舒适的环境，切好的水果，可口的饭菜，电视、电脑、游戏机，哪个不令人心动？我也做不到完全抵制诱惑，只是靠外在环境逼迫自己罢了。当时不拼那一把，很怕自己会后悔。"

这位学姐当年在学校可是风云人物，一直是校园乐队的主唱，致力于成为一名真正的歌手，也下决心一定要考上复旦。所以从高三开始，她决定抵制所有诱惑，全身心投入学习，书桌前摞起了高高的书本，抽屉里渐渐塞满了写不完的习题册。

后来这位学姐果然如愿考上了复旦，还成了真正的歌手，我经常能在新闻上看到有关这位学姐的报道。乐评人经常说她的音乐风格独特、声音有辨识度，在尝试音乐创新上大胆又前卫。我对音乐是外行，不太懂，可每次想起学姐那坚定的眼神，我就坚信，有这股子劲儿在，她能做好任何事。

当然这是后话，我当年对这个故事最关注的点是"高三真的有这么苦吗！"

苦不苦，其实都是如人饮水，冷暖自知。

当你正在做的事正好是你想做的事，再苦也不苦；当你违背自己的心愿做事，好像怎样都不会甜。

学姐非常明白自己想要什么，她想去复旦，想要在高考中获得成功，强大的内在动力使她能看清楚未来，于是心无旁骛地往前走。其实路上有再多的艰难险阻，踏过去也就好了，更何况高三阶段，你还有全世界的支持，家长、老师、朋友，所有人都在你身边。

3

关于高三，学习方法总是被说了又说，全世界都会告诉你，要提高学习效率，要扔掉手机，拒绝诱惑，专心复习，等等等等。

但就像很多朋友说的，听过很多道理，依然过不好高三，因为“臣妾真的做不到啊！”

做不到，是因为你还没有那么想做到。

做不到，是因为你以为的目标，不是你真正认可并且想要的。

心理学上说，人的一切行为都来自于认知，单纯的行为纠正永远是治标不治本，只有认知层面的改变，才能真正改变行为。

所以，那些提高学习效率的小提示，诸如换成非智能手机呀，在手机上装时间管理的应用软件呀，等等，都是治标不治本。没有内在动力的时候，非智能机上的《贪吃蛇》也能玩儿一整天，书桌上的橡皮看起来都很有意思，诱惑终究是要靠内在抵制的。

其实现在回头看高三的时候，那些辛苦倒是都记不太清了。如果说熬夜睡不饱、每天在做题、饭菜不可口、没有自由做自己喜欢的事是高三的辛苦，那后面的生活好像也确实没有多轻松。不过，人生总要在一个又一个阶段中追求一个又一个小目标，不该停下来，也不能停下来。

认真想来，找到自己认同的目标，并且得到所有人的支持，然后全身心投入进去，是一件多么好的事情。这就是为什么我在通过复旦自主招生“千分考”，又拿到保送资格后，依然选择参加高考的原因。我渴望参加这“真枪实弹”的战斗，不是想证明自己有多么出众，而是有些经历一旦错过，你的生命中就不会再有。

尽管那些对我们来说多少有些“暴虐”的事物，并不被我们所爱，往往却是它们最能带给我们成长，最能构筑成我们记忆和未来的一部分。这其中毫无疑问也包括高考。

我觉得高三最重要的意义，就是你自己全力拼过，然后知道你可以，你也确实可以。

知道自己用尽全力是什么样子，就不会再害怕那些小风小浪。

离开教室，你要去哪儿

假如蚂蚁真的是一天到晚忙个不停，怎么还有时间四处野餐呢？

——奥斯卡金像奖获得者　玛丽·德雷斯勒

知乎上曾经有个悲伤的故事。

10多年前，一个从乡村考到北京的大学生，在一次企业赞助的免费画展中，才第一次来到中国美术馆。当她对记者说这是自己第一次来到这样的国家美术馆时，却遭到了记者的质疑。中国美术馆的门票才十几块钱，也用着上千元手机的大学生是不是过于“卖惨”了。

记者甚至发了一篇文章抨击这位大学生的言行。这位大学生

感到绝望而委屈，她从没想过原来美术馆门票竟然这么便宜，总感觉那些高大上的艺术生活离她太遥远，所以她从没想过要接触。她后来明白，过去的贫穷给她留下烙印的，包括对“富人活动”的恐惧，包括对获取相关信息的不关注，她陷入了所谓“信息的贫穷”。

实际上，这样的事情也会发生在我们每个人身上。陷入“信息的贫穷”也罢，太过懒惰也罢，出于各种原因，很多同学难免会对生活中的各种资源视而不见，甚至害怕而逃避，总以先处理好眼前的任务为借口，拖拖拉拉将很多原本更有趣、更合适自己的机会生生放过。假若如此，他们必然无法更好地规划自己的人生。就像哈佛教授塞德希尔·穆来纳森在《稀缺》一书中所说：“今天的缺少，将造成明天更大的缺少。当我们为了解决眼下难题而极度专注的时候，就会无法有效地规划未来。”

上中学的时候人人都觉得念书辛苦，教科书上的内容翻来覆去，各种难题层出不穷，每一天都格外煎熬。爸爸妈妈却还总在耳边唠叨：要去北京、上海之类的大城市，要努力考上重点大学。可究竟为什么要到大城市上重点大学，很多同学模模糊糊，只是盲目遵从而已。

清华大学第一任校长梅贻琦先生曾说“大学之大，非大楼之

大，乃大师之大”，我非常赞同。到大城市上重点大学为什么重要，因为它们能为同学们提供更大的平台，更多的优质资源。努力考上大城市的重点大学不是为了虚无缥缈的名声，而是为了你未来4年，甚至几十年中有机会接触到更能理解和鼓励你的师长，以及更志同道合的朋友，让身处迷茫中的你，能够对未来有清晰的认知和定位。

如果说中学生活是一个巨大的抓娃娃机，所有的知识内容都有人帮你锁在一个巨大的透明箱子里，而你只需不断练习如何抓起它们的话，那么大学生活，更像是一个巨大的游乐场，校园能提供给你的资源多到让你眼花缭乱。但热门的项目总要排队，如何在有限的时间中在这样的场地里玩到尽兴，没有一定的技巧，难免“身在福中不知福”。

从一进入复旦开始，我就非常喜欢参加各种类型的讲座和活动，这是我在大学这个巨大的游乐场里悠然自得的起点。无论知乎、人人、豆瓣还是校园论坛上发布的信息，只要有空闲时间，能被搜索到的讲座和活动我从不错过。

不同地方的讲座和活动风格差别很大。校园论坛上发布的讲

座，请来的多是学术巨擘，那些你通常在教科书上看到的大师，会就某个学术主题和同学们进行交流。对于刚进入大学，对学术道路好奇又迷茫的同学来说，先接触做学术的师长们的生活，能对学术研究本身有一个更感性的认识。而且在这种学术讲座上，说不定就会遇到让你脑洞大开的话题，并认识未来的导师和志同道合的朋友。

常听“学霸”们说，有时决定他们未来方向的，就是某场讲座上突然获得的灵感。我有一个在北大学习政治经济文化综合项目的朋友，一直特别热爱小动物，就是在一场关于“保护生物学”的讲座上，遇到了将毕生精力投入野生动物保护的导师。之后，我这位朋友直接放弃了到牛津、哥伦比亚大学等诸多海外名校读研究生的机会，毅然决然地投身到了青海三江源生态保护的第一线。

至于豆瓣上的讲座和活动，则要轻松、文艺很多。许多画展、音乐剧、小剧场话剧的信息都能在上面找到。虽然懂得不多，但周末约上朋友一起去感受，也是非常难忘的体验。这类更有趣的讲座和活动五花八门，但它们确实能让你接触到许多在日常生活中不常见的领域。通过豆瓣，我在其他大学听过与设计有关的课程，在小剧场追过一些同学自导自演的话剧，甚至跟着米其林大厨品鉴过各类甜品……许多默默在自己的领域不断创造的人，通过这些讲座或活动与我们分享他们的激情与坚持，让我看到了生活的更多可能。

大学之为大学，在其拥有一种学术没有疆界的世界精神，讲座和各类活动显然是达成这种精神的一种工具。它们拉近了我们与很多事物的距离，大师也好，另一种生活也好，让我们能够抛开所有头衔和身份，纯粹去感受它们的魅力，同时让我们不断调整自己，向更多可能的方向延伸。大学里的讲座和活动或许不是每场都适合我们，但其中必定有些能深入启示我们的头脑，甚至让我们因此而改变思想观念和人生轨迹，让我们与自己喜欢的未来相遇，在充满无限可能的年纪里，找到自己的路。

在国外，很多名校毕业生常说的一句话是，读大学就是听一场接一场的讲座，参加一场接一场的活动。如果你读了大学却没追听过大学里的讲座，没参加过丰富多彩的活动，那简直是求学生涯中的一大败笔。国外名校的学生们对各类讲座和活动的追捧甚至要远远超过课堂本身。比如在牛津，几乎每天都有若干场讲座在不同的场所举行，除了诺贝尔奖获得者这样举足轻重的嘉宾之外，身为普通同学，只要你有独特的想法，同样能够登上讲坛。对于讲座和各类活动这样优质资源的充分利用，是国外高校与国内高校的一个明

显区别。

另外，从复旦毕业到纽约大学，我还意识到中西方教育中一个非常大的差异。美国老师和学生都对于前沿信息和研究无比敏锐，而中国高校似乎更多地侧重“经典”教育。

在纽约大学，每次上课前，教授都要问一下最近世界上发生了什么。每位同学都要说一些这周内发生的觉得最有意义的新闻，大家简单进行一番讨论后，教授才会再切入课程主题。与我们所学的国际关系有关的新闻，在特朗普当选美国总统后，每一天都精彩而不可预测。理论与实践的激烈碰撞，让每位同学都更愿意投入情绪，试图施展一点儿自己的才华，指点一下江山。在纽约，我们国际关系的专业课程相比国内更加实践化，我们会学习怎样参加竞选，怎样帮助他人竞选，会反复练习如何写作演讲稿，并一遍遍磨炼自己的演讲能力。学校会全方位锻炼你成为一个能随时派上用场的政治学人。

纽约作为世界文化中心，前沿的书刊、信息都集中于此，给我们学习带来了很多便利。国外非常流行“早餐会”，在早餐时间里，他们会举行简单的新书发布会或小型交流会。各种作者、学者都会带着自己的最新成果，和感兴趣的朋友们一边吃早餐一边交流。这样轻松的氛围使得那些平常让人觉得晦涩难懂的话题都变得

温和起来。

我曾经参加过以色列著名学者尤瓦尔·赫拉利的《未来简史》一书的早餐推介会。这位凭借《人类简史》这门网络公开课掀起过一阵人类史研究热潮的学者，曾是全球最受欢迎的教授之一。在电脑屏幕前，来自全世界各地的学生们能够随他一起参与同一场讨论，而且能倾听彼此的观点，相互理解，这在历史上是少有的。

到场参加他早餐推介会的，满眼望去多是头发花白的教授和学者。作为在场最年轻的学生，我刚开始和大家坐在一张桌子上聊天，难免有些紧张，但宽松的氛围很快让我放松下来。年长的学者们并没有忽视稚嫩的我，大家从《人类简史》谈到《未来简史》，每个人独特的观点都会被尊重。和而不同的意见在早餐会中涓涓汇成溪流，让我受益匪浅。

其实，无论是分享前沿资讯的早餐会，还是五花八门的讲座和活动，都是学校和社会提供给我们的丰富资源。我们平时无论如何也要主动去探索和利用这些资源，比别人多一点儿信息，就多了一次成长的机会和进步的可能。

资源的有限性和精力的有限性，让我们在生活中难免慌慌张张忙个不停，谁都有像小蚂蚁一样埋头苦干疲于应付的时候，但请不要忘记野餐的心情呀。

有向上行的能力，更要有向下沉的勇气

人们常说要拓宽视野，可我们忘了视野是双向的，不仅有向上看的高楼大厦纽约巴黎，也该有向下看的乡土中国，村里村外。

离开复旦也有几年时间了。在学校的时候总是后知后觉，不知道如何定义复旦呀，国际关系呀，生活零零碎碎。留在脑海中的都是些无关痛痒的细节，比如吹着妖风的光华楼草坪，往返于寝室与自习教室的兄弟们和裙摆飘飞的姑娘。

从十几岁到二十几岁的成长，好像也就在一夜之间。铁打的营盘流水的兵，百年复旦见惯了大家的来来去去，总是很淡定，疯疯闹闹的始终是我们。就像我们当年的毕业歌曲《那年那少年》里唱

的："没有我，明年的一二九歌会，依旧还有人去唱，别瞎想，梧桐年年落叶并没有什么不一样。"

每个毕业季都在夏天，而夏天转眼就要过去。

拎着啤酒在梧桐树下的彷徨，身上好闻的花露水的味道，没完没了的蝉的聒噪，以及趿着凉鞋、穿着裙子的姑娘晃晃荡荡在夏天的夜晚，从复旦的东门往西一直走，叽里呱啦地手舞足蹈，买变态辣的鸡翅，和你坐在光华楼前的台阶上，抱着整个冰西瓜啃，或者坐在不记得哪里的草地上唱《后会无期》，唱李宗盛的《山丘》……这些都是夏天的专属记忆，也是复旦的专属记忆。

当夏天不再拥有假期，变得和其他三个季节一样漫长，它也就失去了被偏爱的理由。

我们也终于要走出象牙塔，带着所有梦想，也打碎所有幻想。于是，要离开校园的时候，我对自己说，别想了，就这样走吧。

在回忆里描述在复旦读书的四年，旁人听起来可能总像是段子。就像我给大家解释国际关系，就是"吃着地沟油的命，操着中南海的心"；说起复旦，就是"自由而无用的灵魂"。

2

虽然几年过去了，我始终都忘不了我们国际关系专业开学的第一节课。系主任满面红光地走上讲台，对我们说：“国际关系，好的，是屠龙之术！”

哇，屠龙之术！我脑海中顿时出现了《倚天屠龙记》里金毛狮王谢逊“号令天下，莫敢不从”的屠龙宝刀。班上的同学们也相视而笑，得意扬扬，激动地鼓起掌来，仿佛出师成为“大侠”的日子已经近在眼前了。

可等我们鼓掌完毕，系主任狠狠地停顿了一下，又继续说道：“但你们看看，这世界上哪里有龙？”收起那份傲娇，我们开始面面相觑，小声议论。仔细想想，这世上除了已经灭绝的恐龙，确然没有什么龙的存在，尽管龙在我们头脑当中一直都非常熟悉，而且是至高无上，很厉害、很威风凛凛的存在，但我们都没深入去想，龙不过是一个虚拟的符号性的事物。

大家很快头脑风暴了一番，原来所谓“屠龙之术”大有来头，源于庄子的哲学。说的是有个叫朱泙漫的人，拜支离益为师，学习屠龙的本领。他花光所有家产，用了三年时间，终于学成。可世上根本没有龙，他走遍天下也没地方可以施展他的本领。他所谓的一身绝技，最终也没有任何用武之地。

系主任进一步向我们解释了国际关系专业堪称“屠龙之术”的原因——学习国际关系这个专业的绝大部分同学，注定了是“吃着地沟油的命，操着中南海的心”。这个专业研究的是各国之间错综复杂的关系，气象不能说不大，意义不能说不重要，但要说学习这个专业能给我们带来什么具体的本领，我们又能给国际社会带来多少改变，恐怕绝大部分同学最后会摇头叹息，甚至毕业之际找份对口的工作都不易。一时之间，我们对学习国际关系这门“屠龙之术”有了别样的滋味。

可后来本科四年毕业，我们宿舍四个人依然不约而同地都选择了与国际关系相关的道路，没有谁选择退缩。

哪怕再后来，大家虽然在职业选择上略有差异，但所谓“屠龙之术”的精神已深深刻在骨子里。

至于复旦为什么有着“自由而无用的灵魂”，这些年过去了，我也说不出个所以然来，只是模模糊糊地觉得是那么回事。官方的说法是——“所谓‘自由’，是思想与学术，甚至生活观念，能在无边的时空中恣意游走；‘无用’，则是对身边现实功利的有意疏离”。

这两年因为各种机会，我跑了不少国家级贫困县。虽然我总是说自己是乡下长大的，但和这些地方相比，上海的乡下，确实不能算真正的乡村。

学国际关系的时候，国家在我们的认知里总需要保持一个强势的状态，在国际舞台上拥有自己的话语权和主导权，我们很少去关心国家在小处有什么需要我们的地方，我们能为它做些什么。在这些贫苦乡村之间的奔波，让我感慨良多。

湘西那边的村庄，散乱分布在丘陵之中，有的寨子在谷底，有的在山腰上。山路十八弯，从镇上到村寨里总得开车一两个小时，上坡下坡，发夹弯，活生生像在开拉力赛。但即使这样，村村也都做到了通公路。无论路有多险多难，崭新的水泥公路，真真切切地通到了每个村寨。

有一个复旦学姐在一个村寨里做扶贫专员。我去拜访她的时候，她正在村部的工作室，亲手教村民熬番茄酱。因为当地盛产的番茄销路不好，村民对于番茄加工有心无力，学姐就查资料找渠道，一点一点从无到有地帮他们建立起卖番茄酱的淘宝店。

无意中翻到学姐的笔记本，上面用工整的小楷密密麻麻记录着她每次试制番茄酱所用的糖盐比例和结果，还有乡村工作的感悟与思考。小小个子的学姐，那样踏踏实实地扎根在基层，是真的心里

有对乡土的热爱与放不下。

人们常常说要拓宽视野，可我们常常忘记了视野是双向的，不仅有向上看的高楼大厦纽约巴黎，也该有向下看的乡土中国，村里村外。

自由而无用的灵魂，走出象牙塔后，在田野里落地生根，或许就是这番模样。

凡所投入，总会在未来的时日有所收获

什么是靠谱？凡是有交代，件件有着落，事事有回音。

“这里是复旦大学广播台！这里是复旦大学广播台！现在开始播音！”这浑厚高亢的“老掉牙”开场白曾让我在2011年新生报到会上不由得笑出声来，也曾让我在2015年的毕业季眼眶湿润。

复旦大学广播台位于零号楼二楼，与我旦“著名场馆”修车摊和打印店毗邻，算是校园里最不起眼的一个小角落了。每年学校社团招新的时候，广播台的成员们总得把桌椅板凳全都从二楼搬下来，放到小操场前的林荫道上尽力吆喝以招兵买马。

大一那年的一天中午，我刚在学校食堂吃了两块东坡肉，撑得有点儿骑不动车，于是便推着自行车走在回宿舍的小道上。就在这个时候，我被远处悦耳的“吆喝声”吸引了过去。一般我们在吆喝的时候，发出来的声音是非常接近自己的乡音的。因为只想着把声音甩到最远的地方，于是铆足力气大喊，就顾不得喊出口音来了。而我们上海人喊起话来，是从来不分前后鼻音，卷翘舌的。可印象里广播台的学长学姐们，那天一个个都用播音腔在那儿喊着，气沉丹田，声如洪钟，给我的感觉是太有意思了。

大概就是被这特别的吆喝声所吸引，本想加入电视台的我阴差阳错地加入了广播台，成了每周三中午广播背后的那个声音。那个时候，每到周三，在零号楼的二楼往下的木质台阶上坐着，听校园广播里流淌出自己的声音，也是奇妙的体验。

在这个略显浮躁的时代，做广播其实也需要一种情怀。做广播被很多人认为是一件特别简单的事情，因为大多数的情况下，我们的节目是录播而不是直播，我们只需要读稿而不用创作，音乐又占去了节目的大半，所以看起来做一档节目是相当容易的。甚至有的时候，因为众口难调，我们会被建议多放歌曲少说话，难免让大家

一阵心寒。

我是因为专业的关系，被分到了周三《世界脉搏》组的，主要负责国际新闻与全球景点的播报。国际新闻我们自然是编不出来的，全球景点我们也很难亲自领略，所以，我们组的工作就变成了搜集与整理资料，然后向同学们推送。现在想来，我们或许就是一个只有“人工”没有“智能”的“今日头条”吧。

录音的时候，我们组的习惯是，棚外的编辑举手喊一声“同志们”，然后棚里的播音喊一声“同志们”，便开始录音。因为录的是国际新闻，难免有很多音译的外国人名夹在稿件之中，让我们这些不是科班出身的播音员时常吃螺丝。于是，喊句“同志们”暂停一下就成了录音棚里常遇到的事。这句话的重复频率之高，常常让来探班的同学们以为我们在录的是战争片，而不是国际新闻。

这一声声“同志们”据说源于广播台刚成立的时候，为了让台员们重视每一次播音。它的效果自然是极好的，因为到今天，广播台教给我最重要的精神，便是一丝不苟地做好每一件小事，把每一次录音都想成“同志们”交给我的一项任务。

广播台的精神不仅来源于那一声声“同志们”，还来自我们的老台长。老台长姓夏，我们都亲切地称他为“夏台”。虽然大家一声声“夏台”“夏台”喊着，倒从没让他地位不稳，相反，他这个台长一做就是近30年。20多年前，夏台从部队转业到了复旦，不知当时的领导是如何看出这位一米八几、操着江浙口音的转业战士有播音天赋的，反正就让他负责起了广播台。

据夏台回忆，当时的领导对他说，广播台是喉舌，希望他在这里站好每一班岗。现在他还会那样教育我们，但基本是在教导完我们如何提升专业技能、服务好同学之后。从28岁来到广播台，近30年如一日，由一个广播台的门外汉，成为一位广播界的专业人士，在我们看来，夏台绝对堪称一个有故事的人，一个传奇。他传递给我们的，不仅仅是责任的重要，还有工匠精神。

在复旦的广播台，除了台长，我还认识了很多有趣的朋友。比如我的播音搭档，是一个二次元的配音达人；而我们的组长，来自复旦哲学系，记者出身，毕业后去台湾读了神学……在广播台共同被虐的经历，锻炼出了我们不一般的默契。

广播台每年招新的时候都有不少人报名，可最后能坚持下来的却寥寥无几。因为看似简单快捷的播报，背后需要大量时间和精力，通常五分钟的音频，录音加剪辑也要一个小时以上。每个行业都一样，往往看起来容易做起来难。

大家在广播台坚持下来的理由各不一样，但在这样的集体中，享受创作和分享的乐趣，是我们共同的动力。

想做像广播一样出现在他人生活中的声音，或许大多数时候别人会因忙碌的生活而自动忽略这样的存在，但只要能永远稳定地出现，或许就能在被需要的时候给人哪怕一秒的安慰，这样足矣。

哪有什么固定的人设，只有无限的可能

我们所期待的远超出我们祖先的想象，但我们付出的代价是永远都挥之不去的焦虑——我们永远不能安于现状，永远都有尚未企及的梦想。

——阿兰·德波顿《身份的焦虑》

曾在微博上转发过一篇徐小平的文章《30岁，我理想破灭出海找寻新大陆；40岁，海外留学梦断归国求索新方向》。徐小平是真格基金的联合创始人之一，同时也是新东方的联合创始人之一。那篇文章写在他61岁生日之际，总结了他几十年中折腾创业的经历。我很佩服各种喜欢折腾的人，徐小平就是其中之一。从纽约大学毕业之际，我有幸在真格基金见过他一次，他说告别“官博大”，拥抱“微小创”应该是年轻人折腾的方向。

他和俞敏洪等一起创办新东方的故事曾随《中国合伙人》这部电影为很多年轻人所知，不过他最令我惊讶的一件事是，他最初居然是中央音乐学院的学生，主修音乐学。但最终，他并没从事与音乐有关的工作，而成了企业家和教育家。他自认能有今天的跨界，与他大学时蹭课的经历不无关系。

最初，他发现音乐学是一种人文研究，而不是艺术创作，除了要懂音乐，更需要文史哲方面的训练。所以，他除了大量阅读文史哲方面的著作，还经常跑去北大蹭课，坚持了一年有余。那时他每周去两次，听钱理群讲鲁迅，听严家炎讲现代文学，听谢冕讲朦胧诗……他说，正是这些课奠定了他人文知识的功底，并最终摆脱了专业的束缚。

这可能也是他觉得大学特定专业并不重要的原因。每年高考之后，总有同学向他咨询该选什么专业。他的答案基本相似：除了对某种专业有特别的兴趣、特别的渊源外，大学选什么专业并不重要，因为企业看重的一是大学生的价值观，二是大学生的综合素质，三才是所谓的专业技能。

所以他建议，不管你学什么专业，从一开始就必须告诉自己，你要做什么，而不仅仅是在学什么；从一开始就要学会写作、说话、沟通、表达、演说、辩论；从一开始就要积极参与课外活动，这对一个人的成长不亚于功课得满分……总之，只有经过这样一番无界限的摸爬滚打，一个人才有可能超越所有限制，练得一身好本领，成为社会真正渴求的人才。

说起来，我从小就特别爱折腾，倒很像徐小平建议成为的那种“熊孩子”。上初一开运动会的时候，我和几个兄弟就干过从超市背可乐带到运动场卖给同学赚差价的事。虽然后来差点儿被运动场旁边的小卖部大爷骂死，可每次回想起来，都觉得格外有意思。所以，当我在复旦得知有欧莱雅集团的商业挑战赛之后，又拉着兄弟们义无反顾地报了名。

很多商学院的同学都非常重视这种比赛，因为它不仅能写进履历，更有可能获得大量的实习机会。国内各大名校，包括清华、北大、复旦、浙大都参与得非常积极。参赛者先要通过校内选拔，然后每个学校挑选一支队伍，再进行全国竞赛。各个学校学商科的同学都摩拳擦掌，跃跃欲试。而将价值40万元的欧莱雅产品在校园里卖出去，对于学市场营销、工商管理等的同学来说，简直是轻车熟路，毫无压力。但对我们这群学国际关系的同学来说，就完全是隔行如隔山了。所有人都认为我们不过就是打打酱油，凑个热闹。

第一年我们确实也就认认真真地凑了个热闹。我们一行8个人组队，凭着初生牛犊不怕虎的热忱，一鼓作气准备了20多页精美的演示文稿（PPT），将太多时间花在了如何做好一场讲演，而忽略了真正的市场需求和营销活动，结果可想而知——在校内预选的时候，我们直接被刷了下来，可谓铩羽而归。

兄弟们倒是都没因此而泄气，大家都把它当作一次有意思的体验，结束了也就过去了。可我依然很不甘心。经过这次挑战赛选拔的失利，我反而坚定了一定要胜过他们商学院的决心——就凭我们一群学国际关系的，一样能把商业营销办得漂漂亮亮。

大三的时候，由于要出国交流，我们错过了一年比赛。我们的第二次尝试是在大四上学期。这次我们不仅把讲演做得相当漂亮，更在校园里大肆营造声势，用实际的营销手段和销售额度，直接打动了评委。

我们是怎么做到的？

首先，用粉色海洋攻陷复旦。

在营销活动开始前，我们就征集了80多名志愿者，大家一起连夜打了上万只粉色气球，在天亮之前绑在学校每一棵树的树梢上，每一辆自行车的后座上。天亮之后，大家走出宿舍，走进校园的时候，首先就被满眼的粉色吸引了。然后，我们在人流密集的广场摆出了宣传摊位，同时在租借好的教室分别为男生女生准备了不同内容的讲座。我们请了漂亮的女同学专门为女生做美妆讲座，还特意为求职季的同学开设了如何优雅化职业妆的教程。至于男生，平时更注重日常清洁，我们专门请人为他们做了肌肤基础护理方面的知识科普。一向过得粗糙的我们，在这一过程中也学到了很多护肤的知识。在整个活动中，我们并不将推销产品作为主线，而是真心希望能通过这样的活动带给同学们一些小小的助益。看到同学们开心的笑脸，我们心里全是美美的满足。当然，那些确实用得顺手的产品，也飞快被同学们一一带走。

那天的营销活动结束之后，我在同学们的朋友圈看到了许多现场图片的分享，真没想到我们的活动切实影响到了这么多同学的生活。即便我们给大家带来了哪怕一刻的开心，一切就都值得了。这件事情的意义，也就远远超过了赢得一场商业比赛。

文科出身的我们，学国际关系，总是在谈论感同身受，说沟通谈理解，但纸上得来终觉浅。我们在这样一场实践活动中，深刻感受到了将切身感受分享给别人，好过空口无凭说上一百遍；将大家都拉进“共感”的氛围中，你的行为也会在不知不觉中被引导。

从这一点上看，无论国际关系还是市场营销，这些我们人为构筑起来的学科知识其实在实践当中都是相通的。无论我们身处什么

样的专业，学的是什么，在工作中还是生活里，只要用切身感受去尝试，敢想敢做，那些限制你的东西，看似有隔阂的东西就都不存在了，你也就有了很多可能，或者你已经超越了界限本身。

类似这样“跨学科”的实践活动，我还做过很多，但我很少强调其中的跨学科性。因为人生之为人生，生活之为生活，本身并没这些人为的划分，它们是一个整体，不同因素互通有无，然后产生无限的可能。既如此，我们也不需要给自己做过多的限定，也不该接受外在的过多限定。无论你有什么样的出身、背景、兴趣爱好，学的什么专业，都无须给自己先入为主的设定，因为你本身就有无限的可能。你需要做的只是勇敢尝试所有你想做、愿意做的事，不要让他人口中的“不务正业”束缚住你对梦想的追求。

我也花了好些时间在所谓的“不务正业”上，大二的时候参加“青年全球治理创新设计大赛”，和创意团队一起设计了一款手机应用软件“My Tree”，将绿色生活与手机App结合，为个人设计个性化的绿色生活方式，“生态树——为每个人的有型绿生活”。虽然这款手机软件并没成功推向市场，但和不同背景的朋友一起，探索手机软件设计，开发移动终端产品，学习绿色生态理念，还是让我受益匪浅。只要你敢想，敢投入，就一定会有意想不到的收获。

梦想与现实，初看时可能真像两条难以相交的平行线，选择在一条道路上规规矩矩地走，就要放弃另一条路上的风景。但你要相信，人生没有什么平行线，你本身就拥有可以涂改自己愿景的画笔。只要你想，这支由你自由掌控的笔，可以为你书写各种美好的未来。

就像我的一位哥哥，他本科和硕士都读的清华最好的工科专业——电机，之后加入了国家电网。工作中他一丝不苟，是非常严谨的工科生，每天要在实验室泡十多个小时，对各种代码和电路不断修修改改。可他同时还是一个不折不扣的京剧票友，天生一副好嗓子，专爱唱花旦。虽然没成为一名专业的京剧演员，但他唱念做打的基本功可是一刻都没落下，每有闲暇就跑去剧院里凑热闹。两种看似完全不相干的行当，却在他身上融合得恰到好处。

所以，生活中哪儿有什么固定的人设，哪有什么写好的剧本，一切都掌握在自己手中。不要被外界的眼光束缚，勇敢尝试点燃你热情的一切吧，因为没有什么不可能！

是什么让你走进了健身房

为什么我们听过很多道理，却依旧过不好这一生？

因为对于这些道理，我们从来都虚心接受，却屡教不改。

通常，我们都希望自己可以变成更好的样子。我们的脑海中总有一万零一个让自己变得更好的计划或者想法。听了一场偶像的演唱会，于是回来想学吉他；看了一场精彩的NBA（美国男子篮球职业联赛）比赛，打算从明天开始苦练投篮；听说“女神”喜欢“暖男”，开始搜索美食节目，立志要成为一个半专业厨子来捕获她的胃，然后俘获她的心……

可后来，大多数的想法都夭折于我们的脑海之中，即使真有那么几个被尝试了一下，往往也坚持不了太久，不然各类鸡汤软文就不会那么畅销，而我们也就不用崇拜各行各业的所谓“大神”了，因为坚持下来，自己就成了“大神”。

很少有人不爱玩游戏，从丢沙包到《俄罗斯方块》，再到《阴阳师》《王者荣耀》，每个时代都有属于自己的游戏，每款游戏都有让时间飞逝的神奇魔力。在游戏中，我们乐此不疲，不罢不休，可惜，在现实中我们总想改变，却很少坚持。

想法很多，可是最后成功的往往也就那么一两个；心愿清单上列了许多想去的地方，却从来没有真正来过一次说走就走的旅行……实现目标，真的有那么难吗？又或者，这个世界是不是真的遵循一个规律——任何一件事情，只要心甘情愿，最后总能变得简单？比如健身。

有人说，健身就是和自己过不去，于是我很好奇大家当初都是为什么选择与自己过不去。

为了弄明白这个问题，我在朋友圈，也在生活中向大家抛出一个小问题：是什么让你走进了健身房？

一个朋友失恋，被只相信一见钟情的女朋友说，她从没爱过

他，在一起只是因为习惯。不知道他是如何把这样残忍的拒绝解读成了——“她嫌我胖”。后来，他一头扎进了健身房，两个月，瘦了20公斤。大概这就是情不知所起，一往而深吧。

还有一个朋友，是上海男生的典范，做得一手好菜，还很会照顾人。他练得相当不错，被我们几个狐朋狗友笑称为“行走的荷尔蒙”，他的女朋友特别喜欢他赤膊穿围裙做饭的样子。他说他之所以健身，是因为他小时候有些自卑，特别想引起大家的注意，可惜他打篮球发现自己弹跳不好，踢足球发现自己平衡不好，后来他发现健身这事儿最简单粗暴，没什么技术含量，于是就坚持了下来。

至于女生，我身边的每一个似乎都有瘦成闪电的梦想。姑娘们永远觉得自己不够瘦不够健美。60公斤的想瘦到50公斤，50公斤的想瘦到40公斤，可能所有人都觉得自己和马甲线只有一张健身卡的距离。为了看帅哥、为了在海边能秀身材完全不能概括她们理由的十万分之一，更不用说看到“维密天使”的走秀照后受到十万伏特的刺激。

她们可以喋喋不休地说上一两个小时，抱怨为什么吃得一样多，闺蜜永远比她瘦一个尺码。其中，有一个女生苦笑着告诉我，她为了追一个男生，割了双眼皮，隆了鼻，健身只是当中的一部分。这个过程她前前后后花了两万美元。好像，我发现了一个定

律，女人健身，基本上不是为了某一个男人，就是为了某一群男人。

爱好？攀比？发泄？健身房里人来人往，跑步机旁边总是有人排队，但每天的人都不一样，很少有固定而长期的客人。有人告诉我，因为来了纽约，喜欢上了健身的生活方式，一天不运动就浑身不自在，他形容自己是在和健身房谈一场不分手的恋爱。

也有一个朋友愤愤不平，说去健身房是因为身边的一个胖子去了以后变瘦了，他感觉受到了侮辱。这种侮辱堵在心口，让他充满了动力去健身房一雪耻辱，但这种来自别人的刺激能持续多久呢？一切都是未知数。

在询问大家去健身房的原因的过程中，我还遇到一些其他的理由，比如穷，生不起病。这个理由在留学生中十分普遍。前段时间看到一篇讲留学生在海外生病不敢叫救护车的帖子在朋友圈里刷屏，也有不少小伙伴血泪讲述了自己被美国天价医疗坑过的那些年。还有人把健身讲成了段子，说是为了打得过流氓，帅得过情敌，背得动妹子。甚至有人只是单纯地被推销进了健身房，这个理由我也服气。

所以，怎样的人才能健身成功呢？

在我调查看来，似乎越是有所求的理由，越可以让人坚持得久，回答只是因为胖的小伙伴们似乎健身的效果都不太好。或许，任何事儿你都需要给自己找一个深刻的理由，理由越深刻，你的斗志就越强。或许这有点儿自欺欺人，但效果不俗。而虚无缥缈的理由只能是海市蜃楼，投进去的是健身成本，最后却血本无归。从这个角度说，改变，特别是通过健身去寻求改变，是一件既简单又十分复杂的事。

你当然需要一定的自制力，可你更需要的是有一个你愿意为之奋斗的东西，譬如感情，暗恋、明恋、失恋，“为伊消得人憔悴”，何况就是去健个身，有何不可？当然你也可以拿出一个听上去很神奇却也让人印象深刻的理由，譬如练一身肌肉在美国当网红，或者单纯是为了换掉“不瘦十斤不换头像”的头像。

改变是很细微的事情，从一个小细节就能看得出差异。在跑步机上大汗淋漓，举哑铃、做拉伸，一天过后你可能觉得徒劳无功，但坚持一个月，两个月，三个月，瘦下来的世界感觉就是不一样，有肌肉的人生简直是与众不同。

半夜十二点，肚子突然叫了一声，抗议晚餐上的小黄瓜西红柿牛油果太过清淡，大脑随即做出了“吃个消夜好安睡”的重要提

案，可我用手摸了一下肚子上柔软的肉后，翻了个身，否决了大脑的提案，决定继续睡觉……

小学的时候，我身子特别瘦小，妈妈带我去看医生，竟被医生诊断为肌肉萎缩。我至今都没弄明白那次是不是误诊，但可以确定的是因为那次诊断，我小学四年级前的体育课都是坐在操场的一旁“见习”，看着学习的。

叔叔是健美教练，我便跟着他锻炼身体，后来，健身成了我的一种习惯，我也成了别人口中的“阳光暖男”。有很多人觉得健身很难，坚持下去更难，把健身当作一个伪命题去看待，这其实是对自己不负责任的表现。改变其实并没想象中那么难，当然也没有一蹴而就那么容易。譬如今天你说你要去健身房酣畅淋漓地练上几个小时，可是转念一想，不如去酒吧和朋友喝一杯。在你的脑海中，健身这个想法就在潜意识里无限延期，成了你的“必做清单”上排在倒数的一件事。

其实，阻碍你开始改变的原因有很多，最主要的一点就是思想的惰性。安逸就像温水煮青蛙，引人泥足深陷，直到整个人陷入惰性的沼泽中停滞不前。说到底，改变就是和人怠惰的本性进行对抗。可以理解有人在一个地方待的时间长了就不愿走出舒适区，太怕麻烦，觉得就停在这儿也很好。我曾见过身边的人一日三餐都

在宿舍度过，几乎不下床，无数事项最终拖过截止期。他觉得这样过日子就很好，很悠闲。人家不是没试过八点钟起床，定了十个闹钟，结果一一关掉一觉睡到下午两点。我不置可否，但躺着上学，可能最后会跪着出来。

事实上，我们从小就被教育不要虎头蛇尾，不要半途而废，但当这些道理成为老生常谈，便入耳不入心。我们中的大多数人都习惯随波逐流，而渐渐忘记了要逃离等死模式，为自己的人生剧幕掀开新的篇章。

有一个朋友是健身房的常客，风雨无阻，全年无休。我问他坚持健身多久了，他说，忘了有多久了，大概是看到她的前男友变成了前前男友，前前男友变成前前前男友，然后有了现男友，而他却还是她的普通朋友，不甘心而已。只要有一点儿不甘心，就有继续拼下去的理由，希望让她看见，哪怕是偶尔一瞥。

我很喜欢一句话，只要心里还存着不甘心，就还不到放弃的时候。这句话很多地方都适用。

来点儿仪式感，给自己长些底气

“仪式感是什么？”小王子问。

“它就是使某一天与其他日子不同，使某一时刻与其他时刻不同的东西。”狐狸说。

——圣·埃克苏佩里《小王子》

因时而异，因人而别，究竟什么是生活中的仪式感？在我看来，生活的仪式感是从日常琐事中捞起沉没的炽热与激情，像往平淡的白开水里加上一大勺糖。

在日复一日的工作和学习中，我庆幸有爆竹烟花除旧岁的仪式来对过去的一年做一次庄重的告别，有清明节的青团、杏花楼的月饼来宣告节庆的来临。坦白说，这其实就是点滴的仪式感，它能令人满血复活，重燃与生活中的难题大战三百回合的勇气。

对仪式感强大威力的了解，源于我高中时参加的一个活动——模拟联合国大会。模拟联合国，顾名思义，就是模拟联合国的机构与议题设置，对国际热点问题进行讨论。在“模联”会议中，每个学生都会扮演一个与会国代表，参与讨论国际大事。

我还记得，我高中第一次参加北京大学“模联”大会的时候，代表的是一个非洲国家，叫莫桑比克。我的使命是代表莫桑比克，在联合国教科文组织的会议上讨论“文物保护中的国际合作”。

没错，让高中生代表一个距离中国十万八千里，连名字都读不顺溜的国家讨论一些看着就想睡觉的问题，这就是模拟联合国。

我还记得当时我妈听我回家汇报的时候，忍不住笑出声来，她说：“没想到现在小孩子过家家的活动都那么高级啊！”我当时生气地白了她一眼，可其实心里真的对这样高大上的会议设置没什么信心。

后来，就是仪式感展现威力的时候了。

到了北大，作为“国家代表”出席会议，我们每个男生都被要求穿正装打领带，皮鞋必须擦得锃亮，而且万万不能露出奇怪颜色的袜子。而女生们更个个都精心打扮，换上了正装或礼服。后来很多女生回忆说，参加“模联”是她们第一次穿高跟鞋，这让她们更早磨出了脚跟上的茧子，后来在公司上班的时候她们比同龄人更好地驾驭了五厘米或十厘米的鞋跟儿高度。

另外，大多数的“模联”会议还有一个“地球村”的活动，就是让每个国家的代表各显神通，来展示自己国家的文化与传统，俨然是一个小小的世博会。

除了服饰上的庄重感，“模联”还让一群高中生学会了如何开会。美国将领亨利·罗伯特的《罗伯特议事规则》几乎是“模联人”的必读书目。会议中，我们在“动议”“有主持核心磋商”“无主持核心磋商”和“自由磋商”模式中熟练切换。在“举国家牌”和“递意向条”的动作里，一些时刻，我觉得自己真的与莫桑比克这个对于我来说只是地图上一个小点的非洲国家有了一些感同身受的情谊。

很多年之后，当我陪着教授在华盛顿的布鲁金斯学会、兰德公司等地开会的时候，我觉得在这些世界顶尖智库会议上的感觉似曾相识。用现在流行的话来说，这与“模联”一样，叫“谈大事专用仪式”。

这个世界上有太多的宏大命题值得我们讨论，可作为一个渺小的个体，我们总是担心自己能力不够、经验不足，因此望而却步。其实这大可不必。

来到纽约读研的第二个学期，我发起了一个“特别认真”的聊天小组，希望聚拢一批在纽约有学术志趣的华人学生，每周一起来讨论一个宽泛而重要的话题。

我们在纽约大学的图书馆借了个能容纳十余人的教室开展活动，形式很像是《圣经》讨论小组，活动时间一般为两个小时左右。在这个“特别认真”的聊天小组里，我们围坐在一起，瞄准一个话题，大有不把这个题目抽丝剥茧、反复消化到极致不罢休的气势。真理无涯，进一寸有一寸的欢喜，而这个定时、定点举办的小组活动，不知不觉成了我每周生活里的一个小期待，我把它看作生活中的一味不可或缺的调味剂。

有一次，我们讨论的主题是国家权力，大家的头脑风暴让这个抽象的概念不仅仅停留在韦伯、福柯、涂尔干这些著名学者的理论中，我们也将国家权力置于生活中进行讨论，例如，美国大选的选民手中究竟有多少权力？权力究竟属于选民，还是他们背后能影响他们的人？法国作家古斯塔夫·勒庞的作品《乌合之众》里的“群体心理学”成了我们讨论中的高频词。其实权力也有套路，政治也有小的生动活泼的切入点，比如特朗普在美国选举当中的种种表现。曾当过节目主持人的特朗普，对如何利用社交媒体颇有心得，这甚至是他赢得大选的一大因素。当选总统后，特朗普仍然保持着这个习惯。这些都是非常值得关注的有意思的“政治”。

有一则有二，第二次、第三次活动参加的人的范围和学科跨度越来越大，话题也扩展到了中美教育对比和传播，尤其是“教育”这个百谈不倦的话题，能够引起最多人的共鸣和支持。

说起我国的教育时，有成员发言说：“文理科的区别是艺术与科学的区别，作为艺术，文科学习应该是被感知的而不是推演的；相反，作为科学，理科学习应当是推演的而不应该是感知的。”然而实际上，在我国的应试教育背景下，学生们习惯了用推演的办法来答英语的语法，语文的阅读理解；更习惯了用刷题、背题的方式来熟悉数理化的经典题型，这样颠倒的文理科教育或许是扼杀中国孩子创造力一大因素。无论是中国古代的私塾，还是古希腊的对话式教育，都与之不同，它们更倾向于追求知识的意义，注重思辨性的训练。

在纽约的学习生活中，我不止一次思考过中美教育的差异，孰

优孰劣不应该被简单粗暴化地判定。中国教育当然有很多进步的空间，教育这种百年为计的树人事业从来都在路上，对它的讨论也将是持久的热点。

当然，我们的讨论或许还停留在粗浅的表面，但认真的讨论形式却给了我们更多探索的勇气。

仪式感就是这样，它能让我们面对再难的挑战，心里也有小小的底气。我们应该学会用仪式感给生活以玫瑰。黄昏到来的时候，它能让这一天与其他日子有所不同。

附：

邀请函——来自一个“特别认真”的聊天小组

您好！

我们是在纽约的一群中国留学生，因着学术志趣聚在一起，希望组织一个“特别认真”的聊天小组。在这个小组中，我们希望可以通过每周两小时聊天时间，结合大家自身的专业与兴趣，天南地北地聊一些宽泛而重要的话题。我们关心的话题包含但不限于经典概念与时政新闻，例如“是什么造成了贫穷”“什么是真正的公平”“本届美国大选会如何影响中美关系”……

我们将在每次聚会后对聊天内容进行整理，力争让每一位参与者在过程中完善理论结构，在知识与理念上都有所收获。

真诚期待来自任何专业的您的加盟，分享您的观点！

Chapter

许多路，只需依心灵的方向一直走下去

每天看自由女神的我，这样理解美国梦

有时会想，有一天我老了，想拍一部自传电影的话，就应该从这儿开始。

从复旦毕业到纽约读研的第一年，为了省钱，我与朋友合租在史泰登岛上。这座小岛位于纽约下辖的海港之上，从远离纽约市中心的自由女神像向南，还要30分钟的船程，可以说是纽约最遥远的郊外，是个人烟稀少，连纽约本地人都没太听说过的地方。

每每向人介绍时，我总得打开谷歌地图给他们展示“我的小岛”究竟在哪儿，跟他们证明我真的住在纽约市。虽然住得远一点儿，可我绝对算是真真正正的“纽约客”。

我读研的纽约大学位于纽约市中心曼哈顿下城的黄金位置，我们学校的学生都知道租房有个黄金定律，就是你的住处到学校的距离与你租金的乘积几乎是个定值。简单来说，住得越远越便宜。所以我这个每天坐半小时轮渡，搭半小时地铁，再走上半小时上学的人，至今还没遇到过租房比我更便宜的学生。

便宜的租金，当然是有代价的，为了赶早上8点钟的课，我总要清晨6点半就冲出家门，一路小跑，到一个小山坡以外的码头赶船。我平时喜欢煮玉米做早餐，用筷子一插就冲出门去。大概是手里拿着“兵器”的缘故，每天赶船的路上，从来没有什么车辆行人敢挡我的路。

而每天晚上11点离开图书馆的时候，我竟然发现纽约有百年历史的地铁站里，老鼠比人还多。我常常自嘲，在我回家的轮渡上，就没有没有颜色的人。大概华尔街的精英们这个时候还在酒吧里狂欢，而那些墨西哥裔、非洲裔的大叔和我一样，结束了一天的工作，正坐着轮渡赶回岛上。

夕阳西下，灯火迷离，笛声悠远。偶尔在甲板上眺望远方，海鸟都归去歇息了，只有自由女神像旁的灯塔忽明忽暗。有时会想，有一天我老了，想拍一部自传电影的话，就应该从这儿开始，在这个充满着“美国梦”仪式感的地方。

那段时间来回奔波确实很累，在船上歪着脑袋睡着是常有的事儿，甚至手中翻看的书什么时候落在了身下也没觉察，或者听着的视频课程空播了很长时间也没把我吵醒，经常船"嘭"的一声靠岸，我来不及擦一下嘴角流着的哈喇子，就抓起书包朝下船的方向挤。

不过正是因为这样的累，那一年，我一刻都不敢放松，觉得一旦放松就对不起自己最初的努力。就好像你花了三小时赶路去图书馆学习，然后你只在图书馆学习了两小时，你会觉得分外对不起路上耗费的那么长时间。于是，为了对得起赶路的时间，你会不自觉地在图书馆待上一整天。

这就是我初到纽约时的日常。

我喜欢把自己那时的劲头称作一种结构性的力量。在路上，身边的人都在奔波，你难免也会开始为自己的未来打算。在图书馆，身边的人都在学习，你不得不让自己也开始汲取新的知识。

那段时间，我过得特别简单，每天只做一件事儿，就是把自己尽早扔出家门。只要在路上，无论多累，我总会不停地想办法让自己比昨天提高一点儿。而在家里，被窝就是青春的坟墓，你难免非常“自觉”地跳进里面，一睡就是一整天。

刚去纽约的那一年，每天三小时的往返途中，我从来没闲着。我在路上看完、听完了十多本书，还关注了不少高质量的视频课程，从“罗辑思维”的课，到“混沌研习社”的课，再到“湖畔大学”的课，当然还有我最爱的TED公开课。我敢说我是付费知识行业最早的一拨消费者。

那时关注到的书籍和课程确实让我获益匪浅，比如在TED公开课中，我最喜欢的演讲来自加拿大的经济学教授拉里·史密斯（Larry Smith）。在他的演讲《为什么你不能成就伟大的事业》中，史密斯直率地罗列了人们为不能成就伟大事业而找出的种种理由——很多人往往把自己的不成功归咎于自己不够幸运，自己需要更多地照顾家庭，甚至自己不是疯子……然后，史密斯一一驳斥了这些理由，告诉大家，你之所以不能成就伟大事业，只是因为你没有为你的梦想努力。

我不否认天赋对于个人成长的重要性，但说实话，大多数人努力程度之低，根本到不了拼天赋的程度。太多的中国大学生在毕业后将找不到工作归咎于当初没有选择一个合适的专业，可又有多少人敢于承认，我们整个大学对于专业课的学习，基本也就限于每个期末为了应付考试而临时抱佛脚的那一周或者两周呢？

加拿大著名学者格拉德威尔在《异类》中写道："人们眼中的天才之所以卓越非凡，并非天资超人一等，而是付出了持续不断的努力。一万小时的锤炼是任何人从平凡变成世界级大师的必要条件。"这就是他著名的"一万小时定律"。

对每个人来说，最简单的锤炼，无疑就是每天让自己累一点儿。一个人最真实的努力状态，是持续性地为一个目的量化付出。这是一个"路漫漫其修远兮"的过程，不能寄托于立竿见影的终南捷径。只有这样，你所做的一切才能赢得最后的质变。

我在很多地方提到过我在复旦的"学霸"室友"企鹅"的名言："没什么活儿是一个通宵搞不定的，如果有，那就两个通宵。"于是，整个大学期间，他在保持绩点全院第一的同时，先后做了十多份兼职，从培训讲师到科研助理，再到文案编辑。靠着这些兼职，他不仅实现了经济独立，还常常补贴家用。

我对"企鹅"的钦佩犹如滔滔江水连绵不绝，一度将凌晨4点洛杉矶球场的科比、凌晨4点半哈佛图书馆的学子和我起床时还没睡的他，作为比照学习的三大楷模。

我总是问他："累吗，兄弟？"他每次都歪着脑袋笑笑，对我说："没办法，最累的时候才是成长最快的时候啊。"心疼他身体的同时，却真觉得此言不假。

类似的话，我做健美教练的叔叔也曾说过："锻炼哪，就是和自己过不去。原则是哪儿酸哪儿长肉。"

锻炼肌肉的原理，是在训练时把部分肌纤维拉断，然后通过肌肉的自我修复，生长出新的肌纤维，覆盖在原来的纤维之上，长此以往，就仿佛给原来的肌肉打了一层又一层的补丁，使原来的肌纤维更粗更壮，于是肌肉块头就会越练越大。

所以，力量训练讲究"力竭"，只有每组训练都做到不可能再多做一个为止，才能拉断部分肌纤维，迫使肌肉不断自我壮大。不经这样的过程，不让自己多来几次筋疲力尽，你的所有努力难免白白耗费。只有当你最累，甚至肌肉酸痛、身体被掏空的时候，你的成长才最快，你的收获才最大。

"累吗？累就对了，舒服是留给死人的。"

这是我曾用过的一张手机屏保图片，当时我特别不敢让别人看到这句略显偏执的话。直到之后，在一周里，我在我身边发现了三个和我用一样屏保图片的所谓"学霸"。

听说这话是马云说的，我无从考证，也不完全赞同。我知道劳累一定不能是生活本身，我们的生活中除了劳累的工作和学习，一

定还要有别的精彩等我们去享受，但不能不承认，在劳累的时候，你会有最大的收获，最快的成长。

据说当年美国代表团访华时，曾有一名官员问周总理：“我们美国人总是抬着头走路，为什么你们中国人都喜欢低着头走路？”此语一出，话惊四座。周总理不慌不忙，面带微笑地说：“这并不奇怪，因为我们中国人喜欢走上坡路。”

这个世界上可以说有两种路，一种是上坡路，一种是下坡路。走上坡路时，你不得不低头弯腰，口喘粗气，让膝盖承受几倍于平时的压力。你得克服重力势能，吃力地向上攀爬。然而，你的视野会越来越宽、越来越广，每前进一步，你都会看到更美的景色。

走下坡路时，省劲舒服，轻松愉快，背后似乎有一只手在推着你向下，但你难免不由自主，力不从心。随着你逐渐下行，你的视界会逐渐狭窄，可观赏的景致也越来越少，直到你的天地一片灰暗。显然，当你觉得舒服的时候，你就已经在走下坡路了。而在最难最累的时候，恰恰是你步步向上，成长最多的时候。

美国歌手凯莉·克莱森有首歌叫《更强》（*Stronger*），里面我最喜欢的一句话是——没有杀死你的那些都会让你变得更强（What didn't kill you makes you stronger），我将其视作真理。如果还不至于累死，那些令你疲累的东西，一定会令你更强。

一无所有的人，无所畏惧

过去我以为，成长就是该听的听过了，该看的看过了，该想的想明白了。长大一些我才发现，成长是从一次勇敢到下一次勇敢，是从一次懵懂无知的莽撞到再一次明知一无所有却依旧无所畏惧的勇往。

在异国他乡生活，无论如何是需要勇气的。在奋斗求职的路上，你需要“自吹自擂”的勇气；在落魄倒霉的时候，你需要向陌生人求助的勇气；在孤单无助的时候，你需要一个人熬过寂寞的勇气。留学的过程，某种程度上也是我勇气积攒的过程。若要谈谈这个过程中让我变得更勇敢的经历，就不能不提那一段在创投圈混迹的神奇时光了。

来纽约读研的第二个月，在前辈的介绍下，我误打误撞地来到

了一家位于华尔街的创业孵化器实习。所谓孵化器，就是帮助你创业的服务机构。比如你有一个好的创业想法，但苦于缺乏创业的经验、适合的合伙人或者资金，那么创业孵化器便会给你提供一些创业的建议，并且帮你找人找资金，让你走上创业的快车道。

在美国，创业孵化器已经有比较长的历史，孵化模式成熟，获得了众多创业者的青睐。大名鼎鼎的YC孵化器（Y Combinator），平均每分钟就会收到一封创业者加入孵化器的申请。通常，加入知名孵化器比进美国顶级商学院还要困难很多倍。

我所实习的孵化器的使命，是帮助在美国东部的华人更快地适应美国的创业环境，并尝试将他们与国内的资本进行对接，起到桥梁的功能。而我的工作是替孵化器去各地参加论坛与会议，带回靠谱的项目，顺带也宣传我们的公司。

这样的经历让我大开眼界。一方面，我能接触到最新的各式各样的创业项目；另一方面，还能了解各类投资人的动态。但为同时兼顾这两方的资讯，那段日子里我总是在路上。

大概有两个月，我每个周五的傍晚都会准时出现在纽约的大巴站等车，去别的城市参加各类创投活动，或是与老板一起看各类创业项目。而每个周日的傍晚，我又会在返回纽约的大巴上。睡眠不足的周末时光，换来的是在大巴车上睡到天昏地暗。

美国最常见的大巴车隶属于两家公司，一家叫美嘉，一家叫灰狗。它们的区别主要在于美嘉的车都是两层的，高得吓人，而灰狗的车一辆顶俩，长得吓人。可它们吓人之外的好处在于，空间都特别大，于是票价就便宜了下来。

纽约到华盛顿大约是四个半小时的车程，中途大巴车都会在有汉堡王的服务区休息。每次停车，我总会下车伸个懒腰，呼吸一口新鲜空气，在云音乐里切个歌单，然后回到车上换个姿势接着睡。

那段时间，是截至目前我穿正装最密集的时候。随身的小箱子里没有别的，就一套西装，几件衬衣。头几回穿正装的时候很是得意，觉得自己已然成了商务人士，可当我穿着正装在三十七八摄氏度的大热天在巴士上熬过五六个小时之后，我的这种新鲜感便荡然无存了。

那段时间是累的，但我的收获也是极大的。

我了解到不同的地方有着不同的创业热点。比如在硅谷湾区，借着斯坦福与伯克利的科研优势与谷歌等科技公司的产业优势，硬科技（精准医疗、新能源等）是创业的热点；而在纽约，密集多元的人口组成让餐饮、社交创业变得特别热门。

而在诸如麻省理工创新与创业论坛、哈佛中国论坛这类活动中，我遇到了各式各样的创业者与投资人。

创业者，大都是离经叛道的一群人，他们性格各异，怎么奇怪怎么来。有一辈子的心愿就是种出最好吃土豆的土豆博士，也有为做一场最动人的婚礼而不停奔波的专业“伴娘”。

在勒庞的《乌合之众》里，他说最能打动人的是演说者歇斯底里的坚持。而在创业者们一遍遍反复阐述自己的创业项目的时候，我最真切地感受到了那种坚持的力量。

与创业者的离经叛道不同，投资人的特点是博学多才、思想深邃，对世界有独到的观察与热爱，都有不同的投资哲学。我曾有幸参加了真格基金的真驿站活动，在王强与徐小平老师的带领下走访了国内一些特别棒的初创企业。

徐小平老师有个特别有意思的理论叫“四大皆空”。他认为刚毕业的大学生们应该去创业企业、小企业，而不是外企、国企。只有让四大会计师事务所的人都走空了，这个社会才更有前途，或许这对刚毕业的学生是一个可以思考的角度。

看着创业者“从零到一”的创造力，我想起了读本科时，在一

家知名外企实习的经历。

当时，我需要通过打Cold Call（冷不防电话）的方式邀请100家上市企业的董事长或总经理来参加我们公司办的活动。但我有的，只是这100家上市企业的前台电话。

“喂，你好，请问是××企业吗？恭喜你们公司入选了中国百强潜力榜单，我们想邀请你们公司的董事长参加颁奖典礼。”“嘟……嘟…… 嘟……”

就这样，我打了大概不到10个电话，被挂了七八次。后来，我录了个音，自己听着都觉得像是在打诈骗电话。

后来，通过不断尝试，我发现，每家公司的前台态度都极好，可办不了正事儿，所以我应该先自报家门，然后麻烦前台转接市场部、公关部，一旦电话转接到了里面，那么我的机会就来了。

这份实习工作是我的第一份“不知道该怎么做”的工作，就像创业者不知道前路何去何从，但就是这样的经历让我获得了巨大的勇气，更相信自己真的还可以。

过去我以为，成长就是该听的听过了，该看的看过了，该想的想明白了。长大一些我才发现，成长是从一次勇敢到下一次勇敢，是从一次懵懂无知的莽撞到再一次明知一无所有却依旧无所畏惧的勇往。

要相信世外桃源，但更要主动与世界交手

愿你出走半生，归来仍是少年。

芬兰似乎不能算存在感强的国家，说到北欧，挪威、冰岛总是第一时间被想起，因为感觉够北，够冷。小美人鱼的童话世界又让丹麦绝不会被遗忘。剩下可怜的芬兰、瑞典总是被迫和荷兰、瑞士参加“大家来找茬”，让人迷迷糊糊。

赫尔辛基作为“千湖之国”芬兰的首都，有着独一无二的浪漫别称：波罗的海的女儿。城如其名，这里的生活总让人觉得如童话一样幸福静谧。

我现在已记不清选择赫尔辛基大学作为交换学校的主要原因了，可能是受到了从小使用的诺基亚的感召，也可能是出于当时对《愤怒的小鸟》的沉迷，谁知道呢。总之，赫尔辛基，这个传说中的芬兰首都，成了我生命中独立生活的第一座城市。

2014年，19岁的我，兴致勃勃地拖着两个23寸的大箱子，感觉“嗖”的一下就降落到了赫尔辛基，万分期待地开始了我在童话世界的探索。

9月的下午，天空阴沉沉的，机场里虽然感受不到外面的寒意，但隔着玻璃也能感受到北风的肆虐。我忍不住拉高了衣领，习惯性地加快了脚步。我印象中能飞国际的机场，无论虹桥、浦东，还是白云、宝安，更不用提首都机场了，从登机口到取行李过海关，都要走好一阵。可赫尔辛基的这个机场，还没等我迈开步子走上五分钟呢，就已经过完海关拿上行李了，站在机场门口的我一时有点儿缓不过神来。后来多走了一些地方才发现，欧洲的机场，除了伦敦希思罗机场、巴黎戴高乐机场，多数规模都不大，主要是舒适便捷。

站在机场外的第一感觉是“静”，非常静。我不知道如何去形容那种感觉，不是无声的那种安静，你能听见风在呼啸，可这风声和上海穿过高楼大厦的风的声音不一样，和穿过乡下稻田的风的声

音也不一样，就像是，风本身的声音，第一次被我听到。

这样的静，我在后面半年还有着持续的体会。难得天气晴好的时候，太阳暖暖地挂在天上，一点儿也不晒，云慢悠悠地飘，能听见风声缓缓的，一种令人享受的声音。周末早上站在四楼的阳台上发发呆，竟然能听见院子里平底鞋走路的脚步声。同去做交换生的朋友有一位长年被精神衰弱困扰，她说，在赫尔辛基睡了这辈子最好的觉。

现在不离身的耳机，当时可没那么重要。纽约熙熙攘攘的大街，水泄不通的地铁，加上动辄一个小时的通勤时间才需要耳机的保护。在赫尔辛基的日子里，我出门一定要带的只有一顶毛线帽，裹住脑袋，穿上羽绒服，感觉被世界暖暖地抱住，怎么走都可以。很享受靠走路去感受城市的过程，什么都不怕会错过，随时都可以掉头改方向，而惊喜随时都隐藏在下一个街角。

赫尔辛基一直被誉为“设计之都”，生活了大半年的我虽然讲不出个所以然，却也能感受个大概。我的长期据点——位于市中心的赫尔辛基大学图书馆，据说就是建筑界旧楼改造的经典案例。图书馆保留了曾经百货大楼的外观颜色，与周围的其他旧楼保持一致，外表上极尽低调，里面可一点儿也不含糊。以简约的白色为主色调，有整面的落地窗，阳光洒下来的时候，脑海中浮上的就是那句“天堂大概就是图书馆的样子吧”。

和国内大学规范规矩的桌椅板凳不同，这里连图书馆也有闲逸的气氛，随处可见的豆袋软沙发可以任你拖去哪个窗边或角落，找个你觉得舒服的姿势开始阅读。透明可预约的小讨论室和外面专心学习的同学之间完全互不干扰。有时看别人在里面手舞足蹈地争论，就像一出猜不透剧情的默剧。

走出图书馆就是闹市区，各种设计品牌散落其中。我倒真是没什么时尚细胞，同学拉着我指着说这个明艳大花风格的玛丽马克（Marimekko）是“男女平权”女装思潮引领潮流的时候诞生的；指着那些印花的陶瓷盘碗说，阿拉伯（Arabia）餐具选用最高品质的德国高岭土制作，器型经过几代人的打磨，值得收藏甚至传给下一代。我一看一个盘子几百上千，也就小心放下点点头。路过一家玻璃店的时候特别开心，满眼都是熟悉的彩色玻璃，还有格外精致的玻璃鸟，觉得和小时候在景区看到的都很像嘛，仔细一看才知道是芬兰的国宝品牌iittala（伊塔拉）。不得不感慨一下，作为乡下长大的孩子，对器物的审美还需要慢慢提高。

古代中国就有士大夫阶层的器物审美，最有意思的梗莫过于这

样的段子——“雍正骂乾隆：朕没你这样农家审美的儿子。”乾隆的审美相比于老爹确实差点儿。在中国，满足了基本需求之后，美器本身代表的更多的是一种高雅、不接地气儿的生活态度。而所谓的北欧设计，更多的是将冰冷的工业化和灵动的自然情感应用于每个人的日常生活，这样“设计为用”的理念近些年在国内的品牌设计中也在慢慢被接受。

赫尔辛基之行算是我第一次离开家吧，虽然总觉得好男儿志在四方，要四处闯荡，可终究是没有真正尝过离开家的滋味。虽然从初中到高中一直住校，可也是妈妈一个电话就能骑车回去吃晚饭的那种。更何况还有宿舍的兄弟，大家早就过成了家人一般。

习惯了热热闹闹的五角场、陆家嘴、淮海路，一个人难免觉得好山好水好寂寞。以前在国内的时候，听离家来上海求学的同学说，每次想家的时候，就离开学校往住宅小区里站一会儿，感受感受柴米油盐的烟火气就满足了。于是，我还特意留心观察过赫尔辛基居民的家庭生活方式。

赫尔辛基居民大抵是不太有柴米油盐的烟火气的，人家的厨房首先就不装油烟机。家庭饮食相对比较简单，除去移民家庭的特殊做法，大致上沙拉、三明治和各种芝士就算主力食材，当然还有三文鱼的一万种吃法。北欧这边靠海，以三文鱼为代表的深海鱼都管够，煎炸烤煮随便你。肉蛋奶价格便宜，但蔬菜水果几乎靠进口，价格自然贵到心痛。每次去超市结账的时候都会想，如果我奶奶知道我花几百块人民币买了个西瓜不知道会是怎样的表情。

这些年“新北欧菜系（New Nordic）”大火，据说注重营养，尊重食材原味，返璞归真。新闻上常看到世界最佳餐厅丹麦的“NOMA”餐厅的帅主厨雷尼·雷德泽皮带着团队进森林采蘑菇、抓蚂蚁。我没试过那么多家传说中的米其林餐厅，可能属于味觉没有被完全打开的那类人，大多数“北欧菜”对于有中国胃的我来说都算一种灾难。可能是天然食材的“腥”味和各种发酵方式对我来说大过强烈了一些。好奇的朋友可以尝试一下传说中的鲱鱼罐头。这种将鲱鱼去头去内脏后放置于淡盐水中自然发酵的瑞典特产，被世界人民视为“生化武器”，在它的气味和重口味面前，臭豆腐、螺蛳粉只能算是小儿科。

吃不惯北欧菜，自己又不擅长做，就得满城寻找中餐馆。北欧的华人不算多，不像纽约、曼哈顿有中国城（China Town）和号称新中国城的法拉盛（Flushing）。小小一个纽约展现中华文化还能分出南北地界儿来，中国城多是广东、福建移民，而法拉盛移民多来自中国北边。整个赫尔辛基也没几家中餐馆，还总是人满为患，餐厅在谷歌地图的评论上总能看到中文的吐槽和评论，游客们历数餐厅食物味道不正宗，等位时间过长，服务不到位。可穷学生馋嘴又肚里思乡的时候，也没别的什么去处。

在赫尔辛基的半年，戴着毛线帽，裹着羽绒服的我常常穿梭在这个城市的角角落落。大多数时候是朔风呼啸，路上行人从容亦匆匆。即使是和煦的晴天，因为高纬度的关系，太阳在三四点也就慢慢落下。整个街道心甘情愿地被洒满余晖，然后陷入静谧的夜晚。这个城市的公共交通沉默而有序。无论是公交、地铁还是火车都能和站台公示时间保持高度一致，让出行的每一步都精准可控，可公交和火车都沉默地不报站，规规矩矩地按时停靠在预定好的站台，考验着乘客、列车和这个城市之间无言的默契。常常会一边享受着这样安静的默契，一边觉得用普通话、英语、上海话都絮絮叨叨报一遍站，生怕你坐过站的上海，未尝不热情可爱。

在欧洲很容易完成说走就走的旅程，一两个小时，在上海还没开出三环呢，在欧洲轻易就出了国。我格外偏爱夜班车票，不仅因为票价便宜，往往还能省出一夜住宿。夜车“呜呜”的声音被挡在耳机之外，长途夜里，我总爱听《杜月笙传》。耳机里的咿咿呀呀总能一瞬间将我带回罗曼蒂克消亡时代的上海，强烈的认同感和发自内心的创造欲，让身处这冰天雪地中缓缓前行的列车上的我，有一种被困住的沉闷感。

在赫尔辛基的时间过得飞快，哪怕仅仅一个学期时间，这个城市也向我展示了如童话世界、世外桃源般的另一种生活，悠然，静谧，精致。但对我而言，这样的童话生活并不完美。我想念浸润在人间的上海，烟火气浓郁的浦东，溽热、躁动、不甘不安的五角场。想念那个城市摇曳风情背后，经过苦难的坚强隐忍，每个深夜仍有人无眠放歌的热闹喧嚣。

于是才理解，误打误撞闯入童话世界的为什么总是孩子。因为慢慢长大了的我们，已经逐渐有了难以割舍的习惯和生活，习惯了与生活的交手，和自己的较劲，习惯了激情澎湃的高阔论谈和不依不饶的顽固折腾。要红油火锅“咕嘟咕嘟”翻滚的泡泡，小笼包子薄皮里滚烫饱满的汁水，还有黏黏甜甜粘着牙的年糕，才能哄好在生活中受了委屈的你和我。

有人说，成长是从不相信童话开始的。现在我倒不这么认为。或许成长就是，你依然相信世外桃源，但心甘情愿走进生活，兴致勃勃地与世界交手。

好啊，让我为你调上一杯鸡尾酒

我说，所有的酒都不如你。

——鹿先森乐队《春风十里》

考下调酒师执照算是我在纽约读研的第一年比较折腾的事情了。花费了两倍于当时房租的学费，每个想在家休息一会儿的周末，却都得逼着自己奔向曼哈顿的调酒教室。

最后的考证时间还和考试季重叠在一起，挣扎在论文与考试的苦海里，好不容易有喘口气的时间，还得拿起雪克壶练练手，当时的狼狈现在想来都很好笑。

不少朋友都问过我为什么要考这个证，我总会一脸真诚地告

诉他：因为想为你调一杯酒呀。大家哈哈一笑总当是套路，从不深究。为你调一杯酒，说是玩笑，也是认真的。朋友们相聚的时候，能够亲手为大家调制出符合心境和场景的酒，总让我有小小的成就感。

纽约的城市基因里，天然藏着的就是鸡尾酒。

和等级森严、品鉴细致的葡萄酒不一样，不同的酒精和其他任何你能想到的新鲜元素碰撞，就可以得出一杯鸡尾酒。你可以严格按照比例调出层次分明、口感顺滑的完美品，可就算失手弄混了顺序，得到一杯意想不到的酒，也可以开开心心给它取个你喜欢的名字，然后一饮而尽。一切都是自由，一切都是创作。就像纽约一样，有人生长在纽约，也有人从世界各地来到纽约，但没人在纽约是外地人，任何人都可以与这座大都会发生任何碰撞。这是这座城市的魔力，也是鸡尾酒的魅力。

有人说：鸡尾酒可以是搅成的、摇成的、捣成的，可以是甜的、不甜的，奶状或带冰碴儿的，可以是清澈的，也可以是混浊的，但绝不能是平淡无味的。就像你，一定要在一座城市实现你的任何梦想，不管你的梦想有多极端、多与众不同、多不可能。这总要好过一开始就放弃了梦想的权利、碰撞的资格和折腾的勇气。

与国内多数餐厅和酒吧区别分明不同，纽约大多数餐厅都兼具了酒吧的功能。1933年美国禁酒令解除后，光明正大地饮酒就理所当然地成了纽约文化的重要部分。当然，光明正大的前提是你需要用身份证证明自己已满21岁。

纽约人很喜欢在酒吧会面，吃汉堡薯条、炸虾烤翅，看足球、篮球、橄榄球比赛，也侃天侃地，手舞足蹈。大家在轻松自由的环境里就做两件事："和喜欢的人说话，和不喜欢的人相处"。这也就是生活本身。

当然，餐厅设置吧台对我来说还有一个小小的好处，每次一个人吃饭的时候不用花时间等位排队。吧台总会有专门留给一个人就餐的"VIP座位"，就像游乐园中的单人座，那是给独自坐过山车的"勇士"准备的。在复旦读本科的时候，无论是外出吃消夜，还是在学校吃食堂，大家永远都是浩浩荡荡呼朋唤友一起去，怎会想到有一天要习惯这样一个人就餐的吧台？

吧台里的调酒师就是酒保。他们有很多经典的银幕形象，总是扮演着洞察一切，点破人生真理的高人，又帅又迷人，像国产电影《摆渡人》里的梁朝伟，好莱坞电影《鸡尾酒》里青涩的阿汤哥。而生活甚至比电影更精彩，虽然这里的酒保纯论颜值很难帅过梁朝伟和阿汤哥，可每一个真正合格的酒保现场展示的魅力风度完全不输给他们。

专业的调酒师不仅需要对现在流行喝什么和每个顾客的习惯了如指掌，在服务很多人的同时还得掌控气氛，对现场的突发情况反应迅速，并要兼顾各款酒的库存管理。我在学习调酒的过程中，觉得最难的不是记住那些繁复的酒单和配方，也不是花式的手法练习，而是对文化的理解和融入。调酒老师常常在说："感同身受的每一杯酒都不会失败。"

中国人喝白酒，饮黄酒，在乎什么年份，产地是哪儿，以及造酒原料的优劣、水质等。一点点的差异在能品酒的人那里都有天壤之别。调酒也是一样，除了酒精是什么年份的，产自哪儿，还在乎是谁在哪儿调了这杯酒。

我一直听说哈瓦那的五分钱酒馆的墙上至今还留着海明威的评价："我的莫吉托在五分钱酒馆，我的达伊基里在小佛罗里达餐厅。"想必这两个小酒馆的调酒师，一定亲眼见证了这位作家的许多回忆。

一般鸡尾酒的基酒有杜松子酒、威士忌、白兰地、伏特加、

朗姆酒和龙舌兰。以杜松子酒、伏特加、龙舌兰和朗姆酒四种基酒混在一起加冰加可乐，就是大名鼎鼎的长岛冰茶。这种酒以性烈著称，据说是由长岛橡树滩客栈的酒保在1972年发明的。海明威爱喝的莫吉托和达伊基里则是以朗姆酒为基酒。有些人第一次接触朗姆酒，或许是因为酒心巧克力里那一点点朗姆酒的味道。

其实无论喝不喝酒，有没有喝过鸡尾酒，我们都不可否认，自己总会有意无意受到酒文化的熏陶。西方文化中有尼采，将希腊神话中的太阳神和酒神发展为两种精神的象征。我们必须看到光明与希望，也应该承认痛苦和迷惘。我们生而为人的意志力，就是要在承认现实与苦难的前提下，再用创造力获取欢愉。正如罗曼·罗兰所说，世界上只有一种真正的英雄主义，那就是在认清生活真相之后依然热爱生活。

这让我想到了一部我很喜欢的以纽约为背景的影片《爆裂鼓手》。少年被高压训练逼到崩溃，和架子鼓一起流落在曼哈顿街头。他在暴风雨中击下的每个节拍，都像是对命运的用力摇晃。生活和我们本身都需要这样的摇晃，才能最后迸发出如鸡尾酒般刺激而又漂亮的色调。

用一颗在路上的心，遇见最美的惊喜

我喜欢出发。凡是到达了的地方，都属于昨天。

——当代诗人　汪国真

手机的诸多应用程序里，最让我爱恨交加的一个，就是微信运动。自从有了它，在纽约上学的我，经常在早上醒来的时候，被一万三千公里外的亲妈质问：“昨晚12点后为什么还走了3000步，你又去哪儿鬼混了？”每到这时候，我总觉得自己的隐私受到了侵犯，仿佛每天被24小时监控了一般。

当然，我的绝大多数小伙伴是没有我妈那么“关心”我的，他们只是乐此不疲地当着我的“点赞之交”，然后时不时地感叹一

下：“你小子居然每天能走超过一万步！你是不是兼职在送外卖啊？还是欠了钱，每天都到处跑着躲债？欠了债，你要说啊，千万别一个人藏着！”

我很是佩服我小伙伴们的脑洞，就像他们佩服我的脚力一样。

我确实是个特别爱走路的人，而且走得特别快。我的原则是，能走到的地方绝不坐车，有方向的时候都先“腿儿”着。哪怕要打车，也要先往目的地的方向走上一段，找一个景致宜人的路口再抬手拦车。

早晚高峰的时候，感谢城市的拥堵，公交车三站路的距离，我常能走得比车还快，偶尔还给自己掐个表，好和朋友吹牛的时候精确到秒。偶尔做主持人，每次都会被搭档的女主持吐槽走太快，仿佛整个舞台被我三步就跨完了。倒不是我腿长，相反，为了掩盖我的腿短，我总不自觉地把步子迈得快一点儿，有人说太快了不自然，像是在原地蹬车，很是尴尬。

从上海来纽约之后，我就走得更多了。纽约的曼哈顿没有上海的市区大，街道不仅和北京一样都是正东西正南北方向的，还大都用数字来标记，比如第一大街、第五大道什么的，所以特别容易认，特别方便走路。

我在纽约走二十条街从来不超过二十分钟，几乎可以赶上纽约

百年老地铁的速度。据说谷歌地图上预估步行时间的功能背后有一套考虑到了各个城市人们性格的算法，预设东京人、纽约人走得最快，成都人、曼谷人走得最慢。但即使这样，我还是比从不等红灯的纽约人的平均速度快了不少。

爱走路这点我随了我爸，他小时候生活在农村，到哪儿都得走着去，打个酱油也要走上一公里，上个学走三公里，赶个集走五公里，到县城一个往返大概是五十公里。像这样的经历，绝大多数农村的孩子其实都有，不一样的是，来了城里，我爸对走路的热情不降反升。他总给我讲他刚上班那会儿是如何节俭，为了省五毛钱的车费，常常早两站下车走回家。我当时听得很是感动，一心想着要向他学习。可后来，上海的公交车好多改成了无人售票，不仅统一了票价，公交卡换乘还有优惠，即便如此，他依然催着我早两站下车走路回家。那个时候我才意识到，我爸是真喜欢走路。他喜欢路上的风景，希望成为它们中的一部分，路上如果遇到个三轮车，他一定会上去扶一把，如果碰到个卖花儿的老太太，他总要上去买几枝。他总爱边走边和我说当年这儿是个这样的卖场，那儿又是哪一年拆迁的，特像一个地方官在跟家里人絮叨：当年我来的时候啊，

这个镇子是怎样怎样的，我在这儿干了二十年，你看这儿变成了怎样怎样了。

物以类聚，人以群分，我身边爱走路的朋友着实不少。有个兄弟是我读复旦做模拟联合国活动时认识的，酷爱旅行，是那种看着他的朋友圈就能环游世界的专业“驴友”。他说他每到一座新的城市，都会住在那座城市中心区的位置，做的第一件事就是拿上地图绕着酒店走上个三五千米，这样才算是正式认识了这座城市。

一路上，他不会戴着耳机听音乐，而是特意留心来来往往的行人和卖力吆喝的商家。他说，有一次他在罗马的街头溜达，还没走几步就看到了一个满面红光、一身富贵的“大师”拄着根拐杖悬浮在半空中。他站在那儿看了三分钟愣是没看出什么玄机，于是放了十欧以表钦佩。

后来，他在罗马市区绕了一圈，看到了好几十个这样的“大师”，一样的满面红光，一样的一身富贵。他瞬间醒悟：就算是“大师”，也不能这样量产啊！这才发觉自己被骗了，内心无语。

我问他：“那个时候，你是不是想绕回第一个‘大师’那儿把钱拿回来啊？”

“不，我决定以后先多走几步，再决定是不是放钱。”他冲我狡黠一笑。

后来，听说他走了更多的地方，真正做到了行万里路，还在另一座城市拜了师，学会了“拄拐悬浮”的绝技。

还有个姐们儿，爱好是说走就走的旅行。我手机里留着一张爱尔兰莫赫悬崖的照片，就是她在旅行中发给我的。她也喜欢走路，与众不同的是，她毫无方向感，是一枚不折不扣的“路痴”，公交坐错车、地铁坐过站于她是一种常态。见得多了，我们也就见怪不怪了。

可就是这样一个女生，每到假期就拉上她那贴满各地纪念贴纸的枣红色旅行箱，一个人出发去旅行。临走的时候，她总要在机场或火车站的大厅拿票来张自拍发朋友圈。和她不太熟的朋友们都以为这是她官方发布的“未来七日点赞提醒”，可于我们几个狐朋狗友，这张机场自拍就算是她官方发布的“搜救指南”，好让我们几个在她没发朋友圈的时候，知道该去哪儿救她。

2016年暑假，她出发前我们给她饯行。我忍不住调侃她：“姑娘，你连谷歌地图都看不懂，一个人旅行真的可以吗？”

她不屑地看看我，一脸傲娇："上次去香港的时候，我以为我下错了地铁，于是在佐敦道附近找酒店找了两个多小时，最后发现它就在地铁站旁边，只有几分钟的路程。不过这一路上，我搭讪了五个帅哥问路，有两个主动给了我他们的号码，还有一个小哥因为指错了路，请我吃了鱼丸粗面赔罪。我觉得迷路也挺好的，算是见证了香港在夕阳下最真实的模样。"

这个回答很符合她一贯的洒脱，毕竟她上次跟我说："走反了方向有什么要紧，要知道地球可是圆的！"

这回答倒挺像她喜欢的几米漫画里的文字：

掉落深井，我大声呼喊，等待求援……

天黑了，黯然低头，才发现水面满是闪烁的星光。

我总在最深的绝望里，遇见最美丽的惊喜。

能走路的时候多走路，百利而无一害。隔壁楼一老大爷几十年都坐班车上班，在车上呼呼大睡，睡得颈椎酸痛不已。后来年纪大了，他反而天天早起走一个小时去公司，风雨无阻，现在红光满面。更重要的是，本来上班一路上就睡过去了，而现在，路上的故事，都成了他饭桌上的谈资，好不快哉。

坐车能带你去更远的地方，但走路能让你看更真的风景。坐车你能轻易欣赏到如画的美景，而走路能让你进入画中。更重要的是，坐车，你需要等车，而走路，你只需一颗要出发的心。

小时候，一个人出门的时候，奶奶总会用我们上海方言问一句："南海（hei）去挨是北海（hei）齐（往南去还是往北去）？"我总是随口应一声"南北"。奶奶叮嘱一声"注意安全"，便回屋忙去了。

大概，过来人关心你，只会关心你的方向。而这路怎么走，路上有什么风景，他们无能为力，只有让你自己去摸索了。

Chapter

折腾了，生活才能变成你所渴望的样子

那些喜欢的东西，靠近了就不要错过

真正的朋友不把友谊挂在口头上，他们并不为了友谊而相互要求一点什么，而是彼此为对方做一切办得到的事。

——俄国文学评论家　别林斯基

我爸有句名言——交朋友要交靠得住的，要交未来有一天被老婆赶出家门，能收留你的那种。虽然还没能在茫茫人海中找到那位要把我赶出家门的姑娘，但这样能收留我的兄弟，我自信是已经碰上了几个。综合各项指标，我复旦大学时的室友“金老师”估摸着是能收留我日子最久的一个。

凭着一口乡土气息浓郁的本地方言，我和金老师相识于复旦大学开学的第一天。我们可谓“臭味相投”，一见如故。

这种在上海遇到上海老乡的感觉，估计只有我俩能懂，因为我俩都是郊区来的，从我奶奶家门前的老公路往西开上三刻钟就能到他家。一路上你可以欣赏两边的稻田和大棚，不过欣赏风景的时候最好你没在开车，因为郊县公路上到处都是车技飘逸的老司机，一不留神你可能就真得下地里体验生活去了。

虽然都是“乡下人”，不过我总觉得我老家比他老家要洋气一些，毕竟我们那儿每年办的是桃花节，而他们那儿办的是菜花节，水蜜桃比油菜听着可不是洋气一些？

金老师之所以被称作金老师，不是因为他的年纪比我们大，而是因为他身上的气场太强，刚来报到的时候就被人错认成了辅导员，后来我们就更不敢直呼其名了。他右眼眉心处有一颗正青色的痣，终年散发出一股骇人的英气，而他总是笑嘻嘻地给我们讲他们高中当年斗殴情杀的故事，让人不寒而栗。他总给人一种一切尽在掌握的感觉，不知是不是花了些功夫模仿电影《教父》里的人物，才能霸气得如此自然。

和大多数男生间的交往一样，酒在我和金老师的友情升温中发挥了重要作用。

记得那是大一开学后的第一个“双十一”。那个时候，单身节的庆祝方式还不是逛淘宝，而是撸Pocky（百奇）。我们五个大男生在复旦南区宿舍区大门前的烧烤摊儿喝酒撸Pocky，畅想美好的大学生活，一个个都吹牛说今年是最后一年过这破节。

那天，我们聊得很开心，喝得很尽兴，尽兴到金老师推着自行车走在回宿舍的路上狂吐不止。我记得那天回去路上我们刚巧赶上一个红灯，等在路口，金老师足足吐了一个红灯的长度。

等绿灯亮起的时候，我一摸口袋，大喊一声：“哎呀，我钱包不见了！大概落在烧烤摊了。”

说时迟，那时快，金老师一抹嘴角，留下一句“我回去帮你找”，蹬着车就冲了出去，留下我们几个在风中摇曳，诧异地回忆他刚才是不是真的喝多了。

钱包当晚没找到，过了几天好心人给送了回来，但金老师即便醉了还能冲上去帮朋友找东西的“壮举”让我记忆犹新。我当时在想，都说从猴子进化成人需要千万年，而从人退化成猴子只要一瓶酒，没想到金老师“退化成猴子”的时候也那么靠谱，那么霸气，让人着实佩服。

当然，金老师“霸气”可不需要酒精的帮助。

有一次，学校团委的老师在一个微信群里问有没有人会做视

频，说是一个知名外企想花三千块找同学做一个3分钟的宣传视频，金老师在第一时间就接下了这个活儿。

晚上回宿舍碰到金老师，我啧啧称奇："没想到你还有这手儿，你什么时候学的做视频呀？"

"明天。"金老师头也不抬地打着游戏。

"那你也敢接？"

"正好想学，还能赚钱，刚好呀。"

我被惊得说不出话来，可看了一眼金老师，他云淡风轻，脸上连半点儿傲娇的神情都找不到，看来他是在说真话。真是霸气！

金老师为了挣这三千块钱，熬了十几个通宵。那两个月，经常我们早上起来的时候，他还没睡下，挂着深邃的熊猫眼跟我们打招呼；我们傍晚下课回宿舍，他则赶晚高峰去那个往返要三个多小时的知名外企开会聊设计。

不知道最后他拿到那三千块钱的时候，心里是个什么滋味，在我们旁观者看来，两个月，他从一个做视频的门外汉修炼成了炉火纯青的"大师级"人物。接活霸气，干活硬气，完工帅气，之后我们需要做视频的时候，都找他帮忙。金老师对待朋友的事儿从来没有半分犹豫，每次都是有求必应。

后来，金老师在"教导"我们追姑娘的时候，又用过这个例

子，说喜欢的东西，即使没接触过也要抓住，说不定你俩是恒星，一辈子就接近一回呢，靠近了就别错过。我觉得很有道理，很是受用。过错是暂时的，错过可是一辈子。

3

金老师的专业是思想政治教育，他每天白天研习“青年学”“青年发展学”的高深理论，然后晚上回宿舍放下书，常常仔细端详研究我们几个——他亲爱的室友们，还时不时微微点头，若有所思。这弄得我们很是紧张，总是担心会被列为“问题少年”出现在他的论文里，“遗臭万年”。

他的主要理论贡献，用两个词可以精准概括：大丈夫思想和西瓜皮哲学。

大丈夫思想是指遇事不能慌张，得有一种舍我其谁的气势，尤其是到了需要危机公关的时候，万万不可怯场，必须得拿出一夫当关万夫莫开的气场来喝退敌军。于是，每次他都会把活儿拖到最后一刻，贴着死线（Deadline）完成。比如一篇论文的截止时间是早上8点，他还是会和我们一起打游戏打到凌晨3点再熬夜完成。这大有破釜沉舟、背水一战的架势，在死线面前置之死地而后生。

所谓西瓜皮哲学，金老师觉得他这辈子就像是踩了一块西瓜皮，滑到哪里就是哪里了，并不想刻意争取太多，随遇而安而不是随波逐流，像水一样装在什么容器里就能成为什么形状，但总有自己的味道。

一次我将他的理论拿去跟别人分享的时候，口误说成了“香蕉皮哲学”，他立刻纠正了我：“是西瓜皮，不是香蕉皮，踩到香蕉皮就滑倒了，踩到西瓜皮才可以滑上一段，滑了一段，你才能找到下一块西瓜皮呢。”

这个时候我才明白他的意思，他的哲学不是教你放任自流、破罐破摔，而是教你满地去找那块能让你滑上一段的西瓜皮。过程中的随性似乎体现了做选择时的慎重。

日常生活里，金老师也是一个十分随性的人，白衬衫、人字拖是他的标配。在金老师那儿，各种事情无不可做，无不可不做。但是，他说，喜欢的事情硬着头皮也要强迫自己做下去。他总说是复旦的包容让他肆无忌惮地“胆大妄为”，什么东西都想先试试，看看能不能坚持做下去。

有一阵儿，金老师迷上了花花草草，搞起了植物摄影，还在学校里办了个社团，组织小伙伴们一起去郊外踏青，去湿地看鸟，一个单肩帆布包走天涯。

据他“老实交代”，他原本以为认识些花花草草可以讨女生们

欢心，结果发现比起花花草草，姑娘们更喜欢鞋子和包包。不过，认识那些花花草草也不算白费，他最后和老师一起出版了一本《复旦校园植物图志》，走上了博物学家的道路。

复旦毕业后，金老师干起了群众组织，听说，他已经有好几个春节没在家过了。每年大年三十晚上，他巡逻在城隍庙或者天安门，总用一张土得掉渣的自拍向朋友圈里的我们拜年。

有段时间，金老师的个性签名改成了“不想做社会组织的博物学家不是好皮匠”。

我笑着捧他说：“您这是往斜杠青年的道路上又前进了一步呀！”

他也笑笑：“不，这签名就起个菜单的作用，用来提醒大家我可能能帮上什么忙。”

原来金老师又做上了跟皮革有关的生意。

“那怎么不填个价格？”我问。

“谈钱伤感情，反正我收钱的话你们一个也付不起。”金老师白了我一眼。

我越来越读不懂金老师以后的路子了，但这有求必应，有兴趣必追的折腾性格，我想，就叫大哥范儿吧。

你走过的每步路，原来在生命中都算数

成长，你只能长成自己的样子。在生命中最好的年华，不要太在意别人的目光，要给自己一些不做正事儿的勇气，多做不同的尝试，然后把喜欢的事情坚持下去。

“嘿，怎么还在玩儿！还不去干正事儿！”从小，家里长辈总爱这样“关爱”正在尽兴玩耍的我。于是，我只得无奈放下手里的四驱车，转身去找暑假作业本，然后三心二意地涂上几笔，心里仍想着明天和小伙伴们的飙车大赛。

很多时候，人们把不做“正事儿”等同于浪费时间，又把浪费时间视作慢性自杀，这样想来的话，不做“正事儿”的罪名真是太大了，而让人不做“正事儿”，更是一种怂恿他人“犯罪”的行

为。可问题是，在这个机会多元的时代，到底什么是“正事儿”呢？

读书对我们来说大概是“正事儿”吧？可为什么从乔布斯到比尔·盖茨再到扎克伯格都是在辍学之后创办了当代伟大的企业？2017年，哈佛还将扎克伯格请回学校为毕业生做了毕业演讲，并授予他荣誉学位。演讲当天，扎克伯格还在脸书上发文炫耀：“Mom，I always told you I’d come back and get my degree（妈妈，我说我会回来拿到我的学位的）.”

玩游戏总不算什么“正事儿”吧？可2016年我国游戏产业的规模已经达到了1682亿元，国家体育总局将电子竞技算作了体育赛事的一部分。那么，是不是说打游戏和打篮球是一样的活动呢？是不是游戏打得好也能为国争光呢？

先秦诸子时代，当所有人厮混名利场时，只有庄子在野外淡定地玩泥巴。作为穷光蛋，他擅长挨饿，饿到借米吃还坚持耍刻薄。他是唯一的超脱者，世界想和他谈谈，他却懒得理睬。

钓鱼可谓古人“装×指南”中第一条行为规范，姜子牙80多岁高龄，假装钓鱼，其实是钓文王。庄子也钓鱼，但他不听“装×指南”的话，居然真的在钓鱼——因为他很饿啊，鱼是多么高档的荤菜。无论以哪朝哪代的标准来看，庄子都是不干正事儿的典型，可就因为不干正事儿，他把自己活成了一个段子手，哦，我们也叫他思想家。

2

对天发誓，我也是个不爱干正事儿的人，可惜，我㞞，从小被诸如“这个小孩好乖”这类的赞美环绕，于是总也拒绝不了做正事儿。但在我的好友中，有一位不怎么做正事儿的“树妞”，常用“实际行动”提醒我不做正事儿的趣味和重要性。

上一次与树妞见面，还是几年前，我在她所在的同济大学设计学院的门口，等了她快一个小时。那个时候，我正收拾行李准备去纽约留学。或许是担心未来大家天各一方难再见，所以那一阵子我约了好多朋友单独吃饭，想着一来感谢一下大家这些年对我的照顾与包容，二来也算给自己饯行了。

可约到树妞这儿，她用热情的忙碌，让我碰了一鼻子灰。

“哎呀！你怎么就要走了啊？可我这周都已经安排满了，下周一二也要赶个东西，周三中午可以，晚上可能要见个老师。哎呀！你怎么就要走了呀？”树妞是东北姑娘，可10岁不到就来了上海的她，说话时偶尔也会夹带着上海女生的“嗲”劲儿。

“哈哈，那就周三中午！我来学校找你！”我赶紧见缝插针地

说道，因为以我对她的了解，如果不打断她的话，她紧接着就是一连串的“对不起”与“不好意思”，让人被拒了还感到愧疚得很。

于是，周三中午，我在她校门口，等了她快一个小时。

我知道树妞不是故意迟到的，她只是不小心一直很忙。用她自己的话说，她一直没做正事儿，所以一直很忙。

初中的时候，有一次我在操场角落瞥见两个女生拿了根绳子吊在单杠上，使劲拉着，想做成一个引体向上。我看着觉得特别好笑，感觉这两个姑娘像是一个定滑轮两边的两个砝码，在互相较量着分量。好在那天下午的阳光清丽，姑娘们笑得很甜，看着不傻。现在想来，这大概是我第一次见到树妞，也是我第一次见她不做正事儿。

高中，我和树妞同班，作为班长的我总要在月底催着宣传委员出新一期的黑板报。可作为一个毫无美术技能的外行，对于内行的催促总显得底气不足，于是往往事倍功半。

好在那时候树妞总是特别热情地来帮忙。记得当时树妞出黑板报，钟爱画各种各样的树，而且不太用彩色粉笔来填色，而改用油彩。这样的话，黑板报就会鲜亮许多。因为革新了技术，我们班的黑板报常常得奖。那个时候我就在心里暗暗地想，这个姑娘未来或许会成为一名设计师吧。后来，当她跨专业学设计的时候，我心中还暗自佩服了一下自己的判断能力。

与树妞熟络起来，除了黑板报，还因为她是我在广播站的搭档。那个时候，我俩负责的是周二午间档的诗歌节目。因为设备简陋，我们只能做直播。诗歌的直播节目，想来应该不难，毕竟我们只需要找诗，然后把它们读出来就好了。可是树妞偏不满足于这样简单的机械操作。她自己为我们选出的诗歌写注解与评论，还常常请一些老师来做访谈节目。直到进了大学广播台，做了主持人，我才明白当时的直播节目对我的反应能力有多么大的锻炼。

在选诗的过程中，我喜欢的是宋词，而树妞更钟爱朦胧诗。她最爱海子的诗，当时的我觉得这有些矫情，可现在看来，这大概是因为她与海子一样爱自由。因为对于海子来说，在这珍贵人间的全部“正事儿”，无非喂马劈柴与周游世界，然后感受“太阳强烈，水波温柔”。

动笔写这篇文章前，我想约着树妞做个采访，可约了整整三周，依然没约上。不知道她又在忙些什么，只知道这三周里，她似

乎从都灵到了哥本哈根，又从阿姆斯特丹去了赫尔辛基。看她朋友圈里的合照，她总是站在最前面举着自拍杆，咧嘴傻笑。嗯，我想她还是没在干正事儿吧。

后来，她留言给我说，她在中学生活中最重要的收获，就是当年做了那些“不是正事儿”的事儿。最终，那些事儿都成了如今的“正事儿”——

“我猜大概是因为出过9年的黑板报，22岁的时候，我才敢跨专业保研学了设计；我猜是因为高中在广播台每周都读海子的诗，23岁的时候，我才会选择把自己在设计方面的成果用独立播客的形式分享出去；我猜是因为初中第一次参加合唱团时的惊喜，让24岁的我，有机会主动加入更多的合唱团，从上海唱到台北，从芝加哥唱到都灵，而且日后也会为成为一生都可以放歌的人而努力。设计、播客还有合唱，我挺感激初高中课堂之外的日子，给了我目前生活里一些最重要的东西。”

在朋友圈里，我也问了别的朋友同样的问题——中学阶段，什么是最值得做的事儿。绝大多数人都说学习是该花时间最多的事儿，可大家说的“最值得做的事儿”特别五花八门。从练拳学琴，到追剧追星，再到给喜欢的人送早餐……似乎在最有正事儿的学习年代，留在大家记忆里的恰恰是最不是正事儿的事儿。

成长，你只能长成自己的样子。在生命中最好的年华，不要太在意别人的目光，要给自己一些不做正事儿的勇气，多做不同的尝试，然后把喜欢的事情坚持下去。随着自己慢慢长大，你会发现，你走过的每一步路原来都算数。

要生命的坚韧，而不仅仅是刻苦的样子

明日天寒地冻，日短夜长。要有最遥远的梦想和最朴素的生活。

每个人生活中总会遇到那么几个坚韧的“蠢货”，阿翔就是我生活中的一个。

大一结束的时候，我们分了专业，也顺便重新调整了宿舍。我和同宿舍的“企鹅”、金老师勾肩搭背，嘻嘻哈哈讨论着谁睡几号床，并为“风水最好”靠窗临墙的2号床打打闹闹的时候，一个人推门进来，然后大大方方将铺盖和一支唢呐放在了唯一还空着的2号床。我和“企鹅”、金老师还没从错愕中反应过来，来人咧嘴憨憨一笑说：“我是阿翔，大家多关照。”眼睁睁看他一脸无辜地坐收了渔翁之利，相争的我们仨在心里异口同声地骂了一句“蠢货”。

但骂过也是兄弟。我们很快在校门外的烧烤摊儿迎来了第一次宿舍聚餐。几杯啤酒下肚，阿翔在大家面前依然就像白纸一样单纯。认认真真吹唢呐、踏踏实实念书足以概括他前20年的人生。始终是规规矩矩的模范生，连亲生爸妈都觉得他像“别人家的孩子”。所以阿翔那种憨厚傻乐劲儿还真真是发自内心的，谁也学不到。以至于他犯傻的时候，也都讨人喜欢，让人羡慕。

歌手陈粒唱的歌里说：“我看过沙漠下大雨，看过大海亲吻鲨鱼，看过黄昏追逐黎明，没看过你……”我每次听，脑海中浮现的都是阿翔的脸。我之前说过，我的朋友都爱折腾，几乎是群“怪胎”，阿翔在其中也属奇葩一朵，毕竟我认识的全世界唢呐吹得好的少年只有这一个。

前段时间微博上有人开玩笑，问什么技能对气质提升毫无作用，唢呐排名靠前，我们纷纷@阿翔调侃，他也只是憨憨傻笑。他有他和唢呐的世界，无论我们懂或不懂，他始终能在其中找到属于自己的宁静。

2

我没有苦练过一种乐器的体验，钢琴、吉他都是随手学着好玩。将一种乐器修炼到“世界第一”的程度，是一种怎样的体验，大概只有阿翔知道。

阿翔这个名字和唢呐这辈子可算是断不了关系了。每次提到唢呐，阿翔就犯傻，不是要上手摸摸吹吹，就是要历数他获得的每一个重要奖项。我们开始总是笑他，“唢呐之王”就好啦，这些具体奖项谁能有概念。直到有一次和他爸一起吃饭，叔叔喝得开心，讲起了阿翔学唢呐的趣事。我们这才明白，阿翔对各种奖项记得那么清楚，那么在意，是因为每个奖项都记录了他一点一滴的努力。

叔叔说有一次大年三十晚上，吃过年夜饭，一大家子人都在客厅热热闹闹地看春晚，只有阿翔一个人还关在房间里练习，为过两天的比赛做准备。可能唢呐自己都觉得压力过大想休息，崩出了簧片闹起了罢工。阿翔着急得不知如何是好，直到叔叔带着他连夜开车到上海，敲开修唢呐的老师傅的门，他才如释重负。

“这小子就是太傻，”叔叔自己也这么说，“不过就这傻劲儿啊，还真是我儿子。”阿翔的爸爸相当豪迈爽快，与我们宿舍几个都是称兄道弟。聚餐时，叔叔喝点儿酒就会开心地在席上唱上一曲，尽显“大艺术家”的风采，更准确地说是“艺术教育家”。本身开艺术学校的阿翔爸爸从小就让阿翔练习乐器，钢琴、小提琴、萨克斯、小号，十八般武艺阿翔样样尝试过，可最后他只对唢呐情有独钟。

“阿翔在唢呐上这绝对是天赋异禀啊！老天爷赏饭吃的才华啊！”我们都服气地开始拍马屁。

叔叔却喝了口茶：“天赋不天赋我说不上，教了这么多年书，比他聪明的没少见，可这小子的傻劲也算独一个。你们知道我为啥一直钟爱琴棋书画和酒茶，偏偏就是不抽烟吗？”我们都一头雾水：“莫非这唢呐还有戒烟的功效？”叔叔嘿嘿一笑又给我们讲了个故事：原来初三的时候，阿翔因病缺席了好几天文化课，也把唢呐的进度拖下了一大截。于是他白天紧张地补文化课，晚上的时候就悄悄找个没人的琴房，苦练他的唢呐。夏天的南方，酷热难忍，琴房没有空调电扇，只有窗外的知了聒噪个不停。当然我猜阿翔是听不到知了声的，唢呐就是他的全世界。那个时候谁都不知道阿翔的投入与坚韧，直到有一天学校突然断电，身为校长的阿翔爸爸不放心，决定赶来琴房看看，却被眼前的一幕深深打动了。“这傻小子都没意识到停电，还在那儿闭着眼睛瞎吹呢，”叔叔说，“我就那样站着看了他一会儿，回头就把刚点着的烟给掐了，发誓再也不抽。儿子英雄老子也是好汉不是？我一定要把烟戒了。”我们

都重重地点头暗自佩服，然后追问阿翔：“你真连停电都没感觉啊。”“其实知道停电了，”阿翔憨憨一笑，“可也是那时候第一次感觉到月光透过窗户洒在我身上，还在月光中第一次发现原来浸了汗的地板都是亮晶晶的，哪里舍得停下嘛。”

从8岁学唢呐到如今，阿翔说他一共也只换过两支唢呐，这种长久陪伴的感觉让他很心安，觉得到70岁时还能摸着磨得锃亮的唢呐来一曲《百鸟朝凤》，就像执子之手，与子偕老。他说起来那认真的样子，我们只能一边搂住他，一边喊“蠢货”。

可傻人傻劲真的有傻福。

从复旦民乐团的小小唢呐手，到筹办整场院校级音乐会；从海外交换项目的普通参与者，到成为耶鲁大学、新加坡国立大学、东京大学、首尔大学等跨国访校交流项目的主要组织者。阿翔参与的每项活动结束之后，每个社团成员都对他赞不绝口，这绝非偶然。

虽然大家看不到他在背后为音乐会布置场地，为音响效果进行无数次调试，和乐手、演员、嘉宾进行反复协调，给国外教授写上百封邮件，为访校行程做很多次实地勘察，但当音乐会圆满落幕，每个成员在访校旅程中都收获颇丰的时候，总有人能感受到他的可

靠与可信。就像吹唢呐的他，要的是在台上惊艳你，而不是用刻苦的样子感动你。

所以在相识6年之后，阿翔要零基础转投顶尖咨询行业的时候。我们看着他开始和一个个商业案例费劲死磕，通宵达旦一字字修改演示文稿，满上海找搭档做面试，甚至开始自学编程的时候，再也没人喊他蠢货，只会在他熬夜的时候默默递上一罐红牛——兄弟，你可以的！

你不可能不迷茫，但一定要始终努力向上

谁不想做个充满故事的浪子，假装波澜不惊，假装云淡风轻。

这些年很流行划分学霸与学渣的等级，比如学神、学霸、学渣、学酥、学沫……只有你想不到的，没有等级划分不出来的。各个等级的形容精准贴切，让人过目难忘。大家总喜欢给自己和别人贴标签，互相调笑，也用来自嘲。

复旦里的学霸、学神很多，不少曾经在高中堪称学霸的同学，在复旦都自称学酥。“毕业离开学校才知道自己是个普通人”，这句话被很多复旦同学拿来寻找安慰，因为“在学校的时候被大家碾

压得以为自己是个傻子”。虽然这有些夸张，像是玩笑话，从中却可以感受到，其实每个人都有各自的痛与怕。

远看学霸们的时候，我们总觉得他们仿佛被神眷顾一般，在学习上一往无前，遇神杀神，遇佛杀佛，学得顺风顺水，难逢敌手。但当你亲眼见证身边学霸们的成长时便会发现，其实大家都是在迷茫中一点点成长的，逐渐坚定信仰和热爱，然后义无反顾地走下去。你的沮丧和困惑，大家也都一起经历着。

我永远记得第一次见到“企鹅”的场景。那是2011年8月的一个上午，报到完毕，我特意甩开爸妈，一个人赶到复旦的宿舍入住。正当我刚爬上上铺的时候，就听见有阿姨用熟悉的上海话热情地招呼我，我一回头，就看见阿姨背后站着一个略微腼腆的男孩，我们相识一笑，从此变成了一辈子的兄弟。

刚开始的时候，我们谁也没有发现“企鹅”的学霸特质。只听说他的高中校风剽悍，每年打架斗殴都要上好几次新闻。所以每天看着留长发、打耳洞、骑着小摩托在校园里穿梭的“企鹅”，我们内心都能脑补出好几部校园青春小说。

住在一个宿舍的我们每天厮混在一起，上课、自习、吃饭、小

酌，没多久我们就对彼此了如指掌。“企鹅”选择复旦是因为他的外公当年就是复旦毕业的，后来虽然由于历史原因离开上海，可复旦在他心中就成了一个情结，考入复旦，就是回到复旦。

“企鹅”本身性格腼腆，面对不太熟的人，总是不苟言笑，看起来酷酷的，可生活中却是极其细腻周到的人。在他的带领下，我们宿舍铺上了地毯，挂起了小桌板，贴起了宿舍小标语：“长得帅有什么用，去银行能用脸刷卡吗？”原本冷冰冰的学校宿舍，顿时有了家的温馨感。我们宿舍四年的整洁度应该能超越全国99%的宿舍，连续四年都拿到了复旦的“文明宿舍”称号。“企鹅”还特别会生活，刚上大学的同学有时候要穿正装参加一些社团活动，他就特意去批发市场买了一打不同款式的领带，挂在公共衣柜里，大家随要随取，方便又实惠。

和所有男生宿舍一样，我们宿舍也常组团打游戏。“企鹅”花在游戏练习上的时间很少，但每次战斗总表现良好。因为相较于别人单纯地重复打游戏，他会花一定的时间研究各种游戏直播，然后总结其中的方法和套路，下次用在自己的战斗中。

刚上大一的我们都懵懵懂懂、迷迷糊糊，谁也没有想好将来的方向。兄弟几个总是结伴去上专业课，课后也组团参加各种活动，接各种兼职。同样是上专业课，“企鹅”的笔记整理得总是比大家

清晰有条理，每次期末复习前，总成为大家争相复印的宝贝。我们那时笑称他为“学霸”，他总是特别不好意思，说自己只是更喜欢整理这些东西，就像收拾书桌一样，干干净净心里才舒服，和“学不学霸”没什么关系。

“企鹅”那个时候总是特别欣赏更活跃、更有创造性的同学，对自己也不是很有信心。生性内敛的他也没想走学术这条路，但他学霸的锋芒已经初现，他的每篇论文都结构清晰，逻辑严密，更有漂亮的数据分析，得到了各位专业课老师的欣赏和好评。大一第一年，他就凭借年级第一的平均成绩拿下了一等奖学金。自此之后四年，这个奖学金就再也没有落入过别人手中。

和一般做学术就安心待在校园里、实验室里的标准学霸不同，“企鹅”尝试过各种各样的实习和兼职，从化妆品公司的营销推广，到咨询公司的分析助理，从学校的国际学生辅导员，到培训机构的特训老师，他都做过。有段时间，他每天骑着小摩托，从内环跑到外环，从浦东跑到浦西，每天忙忙碌碌，不得一丝喘息。

当初刚入学那个腼腆装酷的小男孩，后来已经可以大大方方掌控几百人的会议，有条不紊地做好所有细节把控。所有他实习过的单位都想让他留下做全职工作。正当我们都以为他会全身心投入职场的时候，他却在宿舍夜谈时哀叹了一番："我还是想读国际关系的博士。"

迎着我们诧异的目光，他慢慢解释："通过所有兼职和实习，自己确实得到了锻炼。热闹的环境和丰厚的薪水，也很有吸引力。可只有回到校园中，回到纯粹的学术研究里，自己才觉得心安。以前自己也并不敢确定走学术研究的道路，是因为对自己没有信心，怕自己难有创新突破，可越接触别的行业，越发自内心地明白，自己是真心喜欢学术研究的。无论未来如何，此刻如果不将自己的激情投入最渴望的事业中，将来一定会后悔。"

这个时候，我们忽然感受到了企鹅这枚"学霸"的光芒。其实真正的学霸，不是说分数要多高，成绩要多好，而是要发自内心地坚持自己的追求。

小时候我们谈到梦想的时候，总能轻易说出自己要做一名科学家，要做一名宇航员。可慢慢长大，我们反而变得越来越迷茫，越来越困惑。每天在忙忙碌碌的生活中，不断怀疑自己。

之所以会这样，有时候是因为我们自控力不够，将今天的任务拖到明天，将明天的任务拖到后天，在一次次敷衍了事之后，错过了锻炼自己的机会；有时候是信心不够，不敢接触陌生的环境，不敢接受新任务的挑战。总之，我们一点点向自己妥协，于是一次次让自己失望。梦想只能渐渐暗淡下它的光芒，以免刺痛你的眼睛。

将“学霸”供上神坛，躲在“学渣”的称呼背后自嘲，确实是一件轻松的事。将人与人之间的差距归结于难以跨越的差距，反而能获得心理的平衡。

其实你自己也知道，“学霸”和你是在生活中一点点的细节中拉开差距的，每一个你原本也可以做到的细节。人与人的梦想不同，并不是每个人都要成为“学霸”，但每个人都可以试着在迷茫中寻找自己的热爱，并将这种热爱坚持下来。

“学霸”养成的过程，其实也是确定人生方向的过程——成长，迷茫，然后拥抱自己。

梅花姐的肉麻夸奖

太阳强烈，水波温柔。

你是我的半截的诗，不许别人改一个字。

——当代诗人　海子

在综艺节目里，著名演员王刚分享了一个他小时候的故事。

那时，他学习成绩不错，却是出了名的捣蛋鬼，上课不专心听讲，有时还逃课，是老师和同学眼中的“坏孩子”。一天他很难受，想找个倾诉对象，结果不到10岁的他想到了毛主席。于是，他决定给毛主席写封信。在信里，他表达了对主席的敬仰，希望像主席那样“在大风大浪中锻炼，勇敢地畅游长江，在雨中跑步，在闹市读书”，还附上两幅自己画的水彩画和一张自己与妹妹的合影。

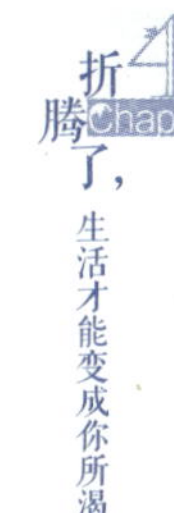

结果，他居然收到了回信，内容是：

王刚小朋友，你6月24日写给毛主席的信和图画、照片都收到了，谢谢你，今寄去毛主席照片一张，请留作纪念。希望你努力学习，注意锻炼身体，准备将来为祖国服务。

落款是“中共中央办公厅秘书室”。

在以后很长时间里，这封信成了王刚心灵的慰藉。尤其是那句“准备将来为祖国服务”，被王刚颠来倒去做了无数解读，给了他莫大的激励。他也逐渐从一个边缘学生，成了学校的“王牌学生”。后来，学校还特地为他的事排了一部话剧，叫《他转变了》，由王刚自己来演，自此他与舞台结缘，开始了他的艺术生涯。

王刚老师的故事，让我想起了我的高中数学老师兼班主任——顾老师。只不过，顾老师对我的鼓励较之毛主席要具体得多，也“夸张”得多。

印象里，顾老师一直是开学第一节班会上热情似火的样子。

性格特别开朗的她年龄与我们父母相仿，可她不喜欢当年在妈妈间流行的蓬松的离子烫，总是把头发扎起来在脑后团成一个髻，

显得很是精神，加上老师的名字里有一个“梅”字，我们便私下叫她“梅花姐”。

顾老师是上海人，身上有着上海女人特有的精致。她的身材一直保持得很好，特别爱穿裙子，也钟爱旗袍。我们偶尔开玩笑，说她是一位“不穿裤子”的女老师。我想她应该至今都不知道这件事，或者就算知道了，以她的性格，也不会在乎这些小事儿，反而会更在意自己的穿着是否做到了如少女般每天不重样吧。

不过，顾老师最与众不同的地方，不是她的身材长相，也不是她的穿着打扮，而是她的口才。顾老师算得上很会说话那类人，发言从不带讲稿，几乎出口成章，而且段段引经据典，句句精妙绝伦。以她的口才，我充分相信，她是一个被数学耽误了的语文老师。她在班会上做总结，每每说到第二处重点的时候，我总会在心里暗暗猜测第三处重点她会怎么组织语言。果然，她从没让我失望过，永远用三段式热情洋溢地做排比，让每一场班会都“成功、精彩、难忘”。

当一个热情似火的妈妈模样的老师，每天用各种修辞来夸一个孩子，你能想象那个孩子的感觉吗？是的，开心，但也有些，肉麻。

有段时间，我为了放学能把更多的书搬回宿舍复习，特地换了巨大的登山包做书包，包里放满书的时候恰似一个炸药包，背在肩上的高度几乎超过了我的头。顾老师看到了，对我说：“小伙子，好样的！背个大书包充满干劲哪！”

后来，背了一阵，我被压得腰酸背疼，就换了个轻松的单肩包，然后开始把书留在班里，看完之后再背回宿舍。顾老师看到又夸我说：“学会劳逸结合了，真棒！”

顾老师用她特有的女高音，在每一句夸奖后都加上一个大大的惊叹号，让人觉得自己好像真的做了什么了不起的事，忽然有种置身奥斯卡颁奖典礼，被主持人宣布荣获最佳男女主角时的兴奋感。

顾老师作为班主任，管的事情确实很多，从男生的发型，到女生的裙边，她总要唠叨几句。而那时候，毕竟是高中生，被管头管脚总让人觉得心烦，于是我们心里总想着要尽量对她敬而远之。可谁知，她总是健步如飞地追上我们，然后语重心长地唠叨起来。她唠叨的方式永远是那么与众不同，主要就是想方设法地夸奖你。

为了让我别把刘海留过眼睛，她每次见我都会说：“哎呀！你刚剪头发那会儿真精神，像日本动漫里的男主角啊！”为了让我多参加些体育活动，她会说：“你上次打球的时候，我看好多小姑娘在边上偷偷看你！”

顾老师当然不只夸我一个人，班上几乎所有的同学，都是她霰弹式赞美的目标，有时我们抱团吐槽她的肉麻，有时又期待她还会夸出什么新花样。

在顾老师的眼中，我们都是最有希望的孩子。

有一次期中考试，班级的成绩不理想，在总结大会上她说："你们生活在中国的一线城市，享受着最好的教育资源，所以你们应该相信，只要努力，你们一定会成为中国最优秀的一批人。一两次的失败不算什么，你们要有自信。"

后来，高三重新分班了，顾老师不再是我的班主任了。

一次晚自习的时候，做着英语的完形填空，我一阵犯困，正歪着脑袋趴在桌子上发呆。忽然，余光瞥到顾老师走过我在的班级，悄悄往班里看。一瞬间，我猛地坐起。搞笑的是，坐定了我才意识到，我心里一点儿都不怕顾老师批评我学习不认真，相反，我倒担心她夸我学得太刻苦了，劝我不要废寝忘食。我发自内心地希望自己更努力一些，这样，才对得起她对我的期望。

4

在纽约读书的时候，我发起过一个"特别认真"的聊天小组，和一群小伙伴来聊一些"宽泛而重要"的话题。一次我们聊的主题

是“教育”，在聊到什么样的教育是好的教育时，很自然地聊到了我们自己的老师。

老崔是我们小组里的老大哥，快要生命科学专业博士毕业的他，在聊天的最后给我们讲了一个他当年小学毕业时的故事。

老崔的老家在安徽乡下，在他赤着脚参加完小学毕业典礼，快要散会的时候，他班主任不知从哪儿借来了一台相机，单独把他喊到了一旁，说要跟他合影。

老崔到现在都是一个对教授毕恭毕敬的老实学生，在他那个20世纪90年代末的农村，他哪儿能想到班主任会特地拿个稀罕的照相机跟自己合照！觉得受宠若惊的他，简直不敢相信自己的耳朵。

一样不敢相信自己的耳朵的还有那个帮他们拍照的女老师，她连着问了两遍：“你真的要单独跟这个娃娃合照吗？”

“嗯，这小子以后会成才的。”班主任指了指那个时候还没戴上眼镜，不足一米四的老崔。

后来，“这小子以后会成才的”，就成了老崔奋斗史上的定海神针。他说那是他贫穷自卑的童年感受到的最大的暖意，这股暖意支撑着他考上了清华，又催着他在毕业之后选择到异国他乡继续深造。

相较于肆意批评一个孩子，我想真诚夸赞一个孩子，往往会有

更好的教育效果。

我们东方师长的教育方式都过于含蓄，即使面对孩子们好的表现，也只是说一句“好乖”而已。现在想来，我太幸运，可以遇到顾老师对我那肉麻的劈头盖脸的夸奖。

其实，很多时候，我们只需一句肯定来坚定内心的追求；而更多的时候，我们也需传递一声赞美，来支撑另一个灵魂的梦想。

与自己和解，在所在之地寂然绽放

对每个人而言，真正的职责只有一个，找到自我，然后在心中坚守其一生，全心全意，永不停息。所有其他的路都是不完整的，是人的逃避方式，是对大众理想的懦弱回归，是随波逐流，是对内心的恐惧。

——赫尔曼·黑塞《德米安》

小时候在奶奶家后院非闹着要帮忙劈柴的时候，奶奶抓着我的手，扶着木头教我：“要顺着木柴的纹理下斧，这样你才能一劈到底。”这句话，混合着散落的木屑和泥土的气味，深深刻印在了我的脑海中。每每想起，总觉得这与其说是一点儿简单的常识，不如说是爷爷奶奶多年人生经历的总结。

总想聊聊爷爷奶奶的故事。尤其在经历过一些成长之后，越发觉得我们年轻一代面临的很多问题和困惑，或许能在他们那里获

得重要的启示。遗憾隔着时间的高墙，他们经历的青春激荡，我们孙辈只能更多地通过一个个故事的小小细节去回忆和想象了。

很幸运的是，我的童年和爷爷的童年共享着同一个空间，上海南汇大团镇周埠村。从这个意义上说，我和爷爷都算土生土长的上海乡下人。高楼鳞次栉比，车水马龙，全世界最洋气的上海也有个和别处没有什么不同的乡下。在这里，人们也种地、种树、种瓜果，养鸡、养猪、养鸭子，住小土房，在小院里劈柴，在大树下纳凉，小屁孩儿也是你追我赶到处跑。在这样的环境中成长，我最美好的童年记忆几乎都与此有关。

那时，我老爱挑衅奶奶养的五彩羽毛油光水亮、昂首阔步乱打鸣儿的大公鸡，逼着它和个头儿差不多高的我一对一单挑。脾气火暴的大公鸡飞起来就在我脸上乱啄一通，吓得我一屁股跌坐在地，然后看着它扬长而去。败下阵来的我被它在眉心处留了个小伤疤。这都不重要，重要的是我始终记得，当天晚上我就吃上了柴火大灶慢炖出来的鸡公煲，那真叫一个香！

除了那些斗鸡闹狗抓鱼挖坑的乐趣，乡下生活给我印象最深的，还有那成片成片的种瓜大棚。南汇区原是上海有名的瓜果产区，尤以8424西瓜最受欢迎。小时候每每走近种瓜大棚就能感到一阵热浪往外涌，冲进去就像探险，然后就可以抱着甜甜的瓜出来。

后来慢慢知道了种瓜的辛苦。种瓜人白天要在三十七八摄氏度的大热天辛苦劳作，晚上为了检测大棚温度照看好瓜，同时看住饲养的鸡鸭，只得住在闷热不堪的大棚附近。每次看到他们，他们总是肌肤黝黑，汗流浃背，眼睛因缺少睡眠而满布鲜红的血丝。

他们的生活状况在我脑海中留下了深刻的印象，以至后来无论读鲁迅先生的《故乡》，还是杨绛先生的《老王》，我都全无隔膜，而且非常理解杨绛先生所说的那种“幸运的人对不幸者的愧怍”。

随着上海浦东的开发开放，我在乡下的童年并没真正吃到从土地里讨生活的苦，但爷爷和我爸都真正经历过。我爸是家里的长子，所以他从小就自觉承担了更多的压力和责任，照顾弟弟妹妹，谋求一家人过上更好的生活。我的两个叔叔都是一米八的大高个儿，唯独我爸只有一米六五，我总觉得这是那段艰苦岁月给他留下的印记。

我爸后来通过考大学离开了土地，离开了乡村，而爷爷却在这块土地上待了一辈子。一辈子有多长，我不知道，大概长到年少时那些你觉得刻骨铭心的事都再没人知道，甚至你自己也逐渐淡忘

了。就像爷爷年轻时候的故事，我也是在很久很久以后才知道了一个模糊的轮廓。

爷爷在我记忆的初始是个无所不能的爷爷。他是全村最能干的电工，村子里谁家的电路出了问题，或是电器坏了，一声招呼爷爷就到了门口，三下五除二拆了设备，再捣鼓捣鼓装回去，电灯就亮了，收音机就有声儿了，电视就“咿咿呀呀”地有了画面，简直像变魔术一样精彩。

年龄大了，爷爷还下地干活儿，收成一直不错，每年家里都会为吃新稻还是旧米争论一番。他还写得一手好字，算得一笔好账，村里谁家办喜事都少不得喊他帮忙。就在2016年，他还用铁丝拗了一只活灵活现的仙鹤。从远处看去，那只仙鹤就像在空中飞腾一般。爷爷说这是他从保护野生动物的新闻里得到的灵感。

但这并不是爷爷人生故事的全部。

爷爷的人生中，常常让我反复思量的，不是这些漫长而精彩的过程，而是曾经错过的一瞬间。很晚之后我才知道，少年时的爷爷有过过完全不一样人生的机会，少年时的他曾被新疆一所大学录取过。他肯定知道这样的机会意味着什么，也只有他知道自己为之付出过什么。

我不知道爷爷当时如果去上了大学，他的人生会发生什么翻天覆地的变化，是不是也会像他的那些高中同学一样安家在新疆、在北京，在五十周年的同学会上有更多新奇的谈资。

但我知道的是，爷爷放弃了远在新疆的大学，留在了村里，照顾他身体不好而需要他留在身边守护的妈妈，也就是我的太奶奶。如此他才成了我记忆里那个做电工的爷爷。

我没问过爷爷当初是如何做出这个决定的，后来又是如何安于命运的安排的，我只知道他并没太多的抱怨和不甘心，也从未有过自暴自弃。做个电工，种种稻米，他就感到了幸福和满足。

从知道这个故事瞬间的震惊和不理解，到后来慢慢懂得以至于欣赏，我花了好些年，经历了从村里到上海再到纽约。

中学的时候，总觉得每一件事都是有对有错的，有更好的，当然要追求完美。那个时候对完美和人生的认知都太薄太浅。好像越接近满分越完美，越靠近名校越完美。我只要用心在学习上，分数的进步总是显而易见，而想要的东西不多，好像也都能获得。那时的我随时随地爱和自己较劲，觉得命运有什么可怕，简单地坚信一切都掌握在自己手中。

后来慢慢接触了更多的朋友，听了更多的故事，渐渐明白了每个人都有自己的难处，命运有着我们无法改变的先定安排。大到像出生的地点，原生家庭的亲密关系，小到个子高不高，手指长不长

这些细枝末节。无论有没有意识到，我们的人生确实有一些预先给定的条件，它们持续地漫长地影响着我们。我们身处其中，必须慢慢与之周旋，突围也好，讲和也罢，最终能求得内心的平静也就已经够了。

预先给定的条件有时其实并不能决定我们的未来，因为它对未来并没有什么限定，给定你的在最初就已经给到了，而后就是我们自己慢慢认识，慢慢接受，慢慢创造的过程了。

命运给定你的东西，就是“你所在的地方”。“你所在的地方”可能并不完美，甚至让你觉得千疮百孔、处处掣肘，但你所在的地方就是你的根基。当你与自己的心灵和解，然后站在自己所在的地方，向外部延展，向深处探掘时，你一样能幸福并且满足。

读硕士期间的一个假期，我花了两周时间在云南的山区做调研，感觉在教育资源不平衡的今天，生活在山区的孩子们——如果用功利教育的眼光来看的话——确实有些不幸。

“以前我们支教是希望把孩子从大山里送出来，可支教的精髓和本意其实并不在这里。”苏坐在我对面，对我说。

我的这位学姐是国内一家NGO（非政府组织）的支教老师，辛苦工作9年之后成了这家NGO创办的一所希望小学的教学主任。

“因为对于这些生活在贫困山区或农村的孩子来说，只有30%的人有机会参加中考。所以，如果你的目标是一定要把他们送出大山的话，你的受众也许就是那么几个非常精英的孩子。”这一点是我这个从纽约赶来，希望做点儿什么的人所未曾考虑过的。

“我们在这里做了9年，其中最厉害的孩子也只是考上了北航。我们那么多硕士生博士生去做基础教育，如果9年仅仅是将一个孩子送进北航的话，其实是非常失败的。所以，对我们来说最重要的事情并不是教他们如何考试，而是教他们如何认识自己的家乡、认识他们自己，以及如何在并不能走出大山的情况下学会自处。只有学到这些知识，他们才会有真的改变。”

真正的成长或者改变，不在于他们是否能走出大山出人头地，而在于，他们能否接受自己，在自己尽可能的范围内，爱自己，爱别人，为周围创造价值，为自己的人生创造独特的意义。

不是走出乡村或大山就更勇敢，也不是留下来过看似平淡的生活就是逃避和懦弱。接纳全部的自己，学会在“所在之地”寂然绽放，是我们每个人应该认真学习的重要一课。

Chapter

这一刻，你可以一无所有却不能一无是处

听说你也不愿意写作

最好的作品来自于对某种独特写作方式的认真尝试。

——《雷蒙德·卡佛：一位作家的一生》

听说你也不愿意动笔。是不是这几年来已经攒了十几本日记本，可每本却只写了寥寥几篇？是不是无论作文还是论文都要拖到最后一刻才开始“创作”，对“码字”这个词有一种说不出的感同身受？是不是每次连想发朋友圈的时候，都觉得那140个字好难写，总是写了一些又不太满意，最后只能全都删掉，改发几个表情，于是草草收尾？

如果你的回答是肯定的，那请放心，你不是一个人在战斗。

很长一段时间里，我都是一个勤于动口却懒于动笔的人，我认真写过的文章除了老师布置的周记、考试里的作文和每学期都头痛的论文外，用两只手几乎就能数得过来。

作为一个恋爱年限不短的小屁孩儿，我甚至连情书都没写过几封。每逢女朋友生日或某些纪念日的时候，我总要抓耳挠腮地斟酌许久，然后，或码几个字的“电报”，或挤出一段“牙膏”。当然，更多的时候，也就凭自己那点儿小聪明和天生我材的伶牙俐齿含混糊弄过去了。

“为什么我不愿动笔呢？”我曾经好多次这样问自己。

每每想到这个问题，脑海中总会蹦出一两条理由。我大致将它们总结为三个大类：懒、怕和觉得没必要。

就从“没必要”谈起吧。

不知道有多少人和我有相同的感受，总会在提笔的一刹那，觉得这文章似乎没什么写出来的必要。书评、影评，看过了就是看过了，重复别人故事里的内容让人感受不到任何写作的热情。没有台湾男孩阿莫那样搞怪的口才，可以将数小时的电影概括成几分钟的故事，也剪不来片子，那写下一两篇影评、书评又有谁会在乎呢？

日记、散文可以很好地记录生活的点滴、情感的流露，可每每想记下一些东西，却总是担心日后回看的时候觉得自己傻气。据说成长越快的人越会否定自己过去的作品，如果你也和我一样看不了隔了夜的文章，那大概证明我们都还是爱折腾的青年人吧。而情感这东西，从来都让人拿捏不定，无从下笔，何况再强烈的感情也会随着时间的流逝渐渐淡去，以后看了难免感伤。

论文或者杂文，为使之言之成理，写作时免不了要查阅各种资料、引经据典、据理力争，然而世间又有多少道理还没被前人说破道尽呢？于是，提笔时雄心勃勃的劲头儿，半路上便折服于何必再说的灰心丧气了。

甚至，在很长一段时间内，我还常常援引苏格拉底的话来为自己辩护。苏格拉底说：“思想是水，一旦落在纸上便死了。”我想，这可能就是为什么苏格拉底作为一个大哲人却不曾著书立说的原因吧。他的理论完全是经由他人的著作流传下来的，比如柏拉图著名的《理想国》。

3

再说“怕”。

全世界无论哪种文化，人们都不约而同地赞赏童言无忌，蔑视

老而不尊。似乎说傻话是孩子们的特权，成年而继续说傻话，就实在令人发指了。我想这与科学精神的日益深入脱不了干系。科学就是要处处讲逻辑，事事看证据。

随着年龄的增长，读的书越来越多，我越来越习惯了模仿，越来越羞于或害怕表达自己的观点，更别说做出创造性的论断了。仿佛援引别人的观点，即使错了也可以归咎于别人，而若是自己的想法，一旦被揭穿，便会暴露自己的无知。

被质疑已着实让人害怕，不巧我又读了些历史，看了些因言获罪的故事，于是更不愿表达自己的观点了。即使敢逞一时的嘴上之快，也不敢将自己的所思所想落在纸上的。说起来实在令人汗颜。

除了“没必要”和“怕”之外，另一大阻碍我写作的原因，可能也是最主要的原因，就是“懒”。

出生在一个知识分子家庭，知识自我懂事起便被定义为一种神圣的、万灵药一般的存在，而与知识密切相连的写作自然也有着极高的地位。于是，写作对于我来说，实在是一件难事，总觉得平铺直叙或涂涂画画的态度对于写作是不被允许的，非得沐浴更衣焚香安神后开始推敲与雕琢才是真正的写作。可这些想想就让人心累，

因为“难”，所以“懒”。

另一点让人心懒的是文章的长短，短信、微博、微信的问世让人越来越习惯于简短的文字与零星的思考，140字渐渐变成了我们向外表达的极限。而在这方面，作为一个懒人，我的反应或许更加过分了。我很少愿意去写一些一次写不完的文章，甚至如果一次写不完的话，我会把之前写的删除，权当这篇文章从没存在过。虽然心中想要的很多，可我很少给自己做计划，做事全靠热情，可热情嘛自然是持续不了多久的。高考时一篇1000字的作文尚要写1个小时，可我写作的热情往往也就只有这一个小时，故而常文不达意便半途而废了。

懒、怕和觉得没必要，这就是我给自己总结的不愿动笔的借口，如果你也有类似的感觉，或者你有任何可以反驳我观点的话，不如把它写下来发给我，我们可以彼此交流，一起进步。

如果你比较低调，不愿分享，那写完了就把它封存起来，过些日子拿给自己看，这样的练习会让你收获颇丰。写作不是数学题，有对错之分，写作是门技艺，和卖油翁“油穿铜钱”的技艺一样，无他，唯手熟而已。

现在，我已经尝到写作的甜头了，秋天傍晚看到飞鸟掠空而过的时候，我大概还能援引“落霞与孤鹜齐飞，秋水共长天一色”，而不是写道“快看！那大鸟嗷嗷地飞！”

短板补不完，不如不管它

老子心灵手巧喜欢做电工活，你干吗非逼着老子考北大。与其执着于短板，不如强化你的特长。

墙上的时钟已指向凌晨1点，我在图书馆熬着夜，在昏黄的灯光下痛苦万分地敲着课程论文。忽然手机振动，屏幕上冒出十多条留言，我一惊，心想，是谁这会儿还没睡，居然还那么挂念我。

手指划开屏幕，“挂念我”的人呼之欲出。原来不是旁人，是在国内的F小姐。

F小姐是我以前做主持人时认识的好朋友，是一个酒量惊人却充满童心的美女老板娘。说她酒量惊人是因为我亲见她喝过一斤白

酒，还神情自若地和小姐妹们聊着她家“爱豆”。说她充满童心，是因为我也亲见她温柔地给她那只叫“达 · 芬奇”的沙皮狗读安徒生的《小美人鱼》作为睡前故事。

从大学开始，F小姐就自己开了一家淘宝店，而且生意一直不错，是同龄人中为数不多刚进大学就能经济独立的姑娘。

窗外夜色如洗，我低头盯着手机屏幕上的一句话，陷入沉思。

F小姐说，她想出国读工商管理硕士，问我的意见。

我问她为什么想出国读书，她说因为觉得英语不好，也想上上课补补短板。

在这个生意蒸蒸日上的节骨眼上，她想出国读书确实是一个很让人意外的决定，但如果有充分且合理的理由，我们周围的朋友都会特别支持。不过如果仅仅只是为了补英语短板，我觉得其实没有必要。

在还没微信的时候，F小姐就有了微商的思维，那个时候在微博上推广她看中的衣服，一炮而红。她的特长是特能让人亲近，有着经商的天赋和沟通的技巧，打得一手生意的好牌，有着将商品化腐朽为神奇推销出去的“超能力”。

生意最好的时候，她一个月的利润可以近百万。有时想一想，毕业后工作，即使去很厉害的投行，拿百万年薪也需要不止三五年的锻炼，何况她这百万收入还不是年薪而是月薪。

我想，她就是在擅长的领域发挥到极致的楷模了。

随着年龄的增长，我开始笃信一个道理——Sharpen your strength（强化你的特长）远比补短板要紧。木桶原理（木桶的盛水量，取决于最短的那块板），其实更适用于组织而不太适用于个人。对个人来说，拥有某方面的特长，往往是独具价值的基础。

随着社会分工的细化，现今各个门类越分越细，世界不再需要太多的全才了。而且随着各科知识的深化，越来越少的人有可能成为全才。相反，社会需要在某一个点上有长处、有新意、有才华的人。万金油的缺点在于，各个领域的知识都懂一点儿，但不可能每个领域都钻得很深。“术业有专攻”，所谓的“万金油”人才破绽太多，反而不如专才活得漂亮。

更重要的是，我相信这个社会的“倒锥形”人脉理论。在各个行业、各个领域的底端，人与人之间的交集是极小的。他是“码农”，你是行政人员，我是厨子，隔行如隔山，我们没什么交集，更谈不上跨界。但当你凭自己的特长，在某个领域做到了上层甚至顶端，那么你的平台就不再是倒锥形底下的那一个点，而会成为顶端的那一个面。那样，你与别的行业顶端上的人，就会有很多交集。如果你是知名演员，比如范冰冰或者黄晓明，那么投资圈、体育圈的名流于你就都是十分靠近的存在了。人脉对于一个人成功的重要性不言而喻，因而我们需要用自己最擅长的方式最快地成长，成长到一个可以跨界交流的高位，更好地实现自身价值。

3

我其实是个特别喜欢补短板的人。初中的时候体育不好，于是一个劲儿地打球，结果初三参加阿迪达斯五对五篮球联赛，惨败。

高中的时候，不会唱歌，于是参加了合唱团，竟然做到了团长，可因为高音上不去、低音下不来的毛病，被团友们笑话到现在。

到了大学，我一直觉得自己高中的时候活动做得够多了，就不想在大学参加学生会了，想挑战一下做学术。可惜，在我亲爱的“学霸”室友“企鹅”的衬托下，才知道自己没那把金刚钻，瞎揽了瓷器活儿。

4

我们每个人都有一些爱好，或许它们奇奇怪怪特别小众，甚至不登大雅之堂，但未来你会发现，你的这些爱好与长处会是你最大的竞争力。蜻蜓点水聊各种话题容易千篇一律，有独特且擅长的爱好和领域绝对是百里挑一。

我表哥，一个食物链顶端的男人，擅长养各种小动物。他小时候养过猫头鹰，养过蛇，长大了开始养蜥蜴，养乌龟。他跟我们开玩笑说，等自己养的龟长大，可以让未来的孩子骑着，出门遛孩子。我和他开玩笑说，哪儿止呀，养好了这龟，还能把你送走呢。

我一个朋友，从小就喜欢各种涂鸦，每年我过生日经常给我送一幅他画的画。高考后填志愿，他杠不过妈妈的意愿报了会计学，四年下来他别的方面我没关注到，倒是经常在朋友圈看到他画的各种插画。作为一个非美术专业的学生，他做图修图可谓手到擒来，还得了不少奖。有一回我问他将来想干什么，他说想在设计的道儿上一路走到黑。我笑他，这明明是康庄大道嘛。

高中的时候，有一回参加上海市中学生演讲比赛，我定的决赛演讲题目是《老子心灵手巧喜欢做电工活，你干吗非逼着我考北大》。好铁得用在刀刃上，扬长避短是人在江湖行走需要懂得的一个简单道理。现在的教育体制并没给人很多选择，很多孩子喜欢唱歌游泳，家长会觉得很好，但很多孩子说我将来要做钢琴家、做跳水运动员，家长就不能忍。其实三百六十行，行行出状元，人家喜欢烹饪上新东方也没错，喜欢做电工活也不应受到什么打压。

当然，我必须澄清一下，我的意思是技能上的短板有时不太重要，要重点发展技能上的长处，但对做人来说，人格的完整永远是让你脱颖而出的终极法宝。

对经典的顽固执着，藏着低水平的狭隘

我上了速读课，用20分钟读完了《战争与和平》，然后知道了这本书与俄国有关。

——著名导演　伍迪·艾伦

在复旦读书的时候，我与同学组队参加过一个“青年全球治理创新设计大赛”，当时觉得单是“全球治理”（Global Governance）这个词就让人不明觉厉了，显得特别洋气。

在选题的时候，我们几个人苦思冥想，忽然灵感迸发，想到了一个关于全球气候变暖下的小岛屿国家治理的主题。它说的是，在全球变暖的大背景下，诸如基里巴斯、马尔代夫等小岛屿，因为海平面的上升，在未来几十年中面临着被海水淹没的危险。那么，许

多问题将随之而来，比如当海平面上升至威胁当地人民生活时，这些国家的人民应当迁往何处，他们该如何维护自己国家的主权，以及如何保留本国或本民族的自我认知？

具体来看，以图瓦卢为例，这个只有几万人口的国家已经开始打算在海外购买土地，为未来的人口迁移做准备。然而，在人口迁移后，原本以捕鱼为生的岛民该如何适应新的环境？他们原本已被海洋淹没的土地是否还属于他们？所有这些都是值得研究的课题。

刚想到这些的时候，我们觉得自己真是聪明极了，以为这是崭新的领域，没人研究过的主题，是一个可以从本科一路写到博士的题目。

可后来，在深入研究这个课题后，我们才发现，这个我们自以为的“前沿”，其实早已是学界的陈年旧酒。虽然在国内确实没什么学者关注这些课题，但在国外，早在1976年就已经有“气候难民”的提法了，而小岛屿国家作为国际话题的一部分时间更早。

可如果是这样的话，为什么我们在学习国际关系的时候，完全没有接触到这一类的研究呢？思量再三，我想这便是国内外国际关系学习中“读经典”与“追前沿”的差异了。

我特地去网上找了小岛屿国家基里巴斯总统艾诺特·汤几年前做的TED演讲来听，还翻遍了最新的学术期刊，好好恶补了一下国外关于小岛屿国家面对气候变化该何去何从的前沿观点。如此之后，我觉得自己的视野瞬间扩展了很多，自身价值观也得到了重塑，可谓收获颇丰。

我刚到复旦的时候，听过一种说法，说是文科生拼的就是阅读量，只要你从苏格拉底、柏拉图一路把该读的经典全读了，你自然就是那个学科的“大师”。

事实上，我们本科生的课程确实也以读经典为主，只要按照老师开列的书单走，就吃不了大亏。比如我在大学的时候，读爱德华·卡尔的代表作《20年危机（1919~1939）：国际关系研究导论》，一读就是一个学期。

诚然，经典就是经典，大师的文本值得一读再读，温故而知新。但爱德华·卡尔在1982年就已故去，他看不到现今的国际关系是怎样建构的，他的所见所闻所想都局限在他在的那个世纪。在他离世之后，东欧剧变、苏联解体，世界格局云谲波诡，错综复杂，国际权力你来我往，国与国之间的故事又启新篇……经典与现实之间，又隔了多远的距离呢。因此，只读经典就能成为“大师”的观点，至少对学社会科学的同学来说是存在一定谬误的。

而前沿，在学习过程中值得我们有所侧重。

在纽约大学读研的时候，每节课上教授们都会带着我们一起讨论最新的国际热点，并尝试用经典的理论来解释当下发生的事件，比如，对于特朗普的当选，我们从民众主义的复苏，一路聊到了选举人团制度的合理性。

另外，国外大学的国际关系专业的课程较之于国内，设计得更有实践性，课堂上老师会教你如何写政治文件，如何做政治风险预测，如何包装一名候选人，有的课更直截了当地教你该如何搭讪陌生人，以成为一名合格的外交官。

用最直接的方式评论最新的热点，这样的教学方式激发了我内在的对于国际关系研究的热情。于是，在纽约，我学会了主动参加新书推介会，与作者直接讨论新书的内容，并多问一句，你觉得社会发展的下一步会是什么？毕竟社会科学的基础是解释现实，而社会科学的高阶是预测未来。

追前沿，意味着主动去了解学界最新的研究到了哪里。在国际关系领域，前沿指的是最新几年顶级学术期刊上的研究文章，还有各类智库的最新报告，以及《华盛顿邮报》《金融时报》等主流媒

体的报道。

当然，我必须澄清一下，虽然我推崇“追前沿”对社会科学学习的重要性，但我并不否认读经典对于我们的价值。不读经典，就没有研究的理论基础，也很难理解前沿的重要性。前沿从哪里来？现在的新，往往脱胎于之前的旧，读前沿读到最后还需要回到经典中去。而且，前沿读多了，你会发现归根到底还是在讨论经典的问题。学文学的人必读《诗经》《楚辞》，学历史的人必读《春秋》《左传》，开大型会议没有经验的人可以返回去读《罗伯特议事规则》……经典可以说为我们今天的学科知识和实际生活奠定了很基础的东西。

在知乎上，我曾回答过一个关于“为什么国内的国际关系学生总被污名化”的问题。

在回答中，我说那是因为我们大多数的课一直在绕着以国际体系的变迁为纲的国际历史打转，而看不到国际前沿在哪儿。我们只关注与我们自身相关的东海南海问题，却很少了解中东的战争、太平洋上快被淹没的小岛。

现在想来，这也是我们关注经典太多，关注前沿太少的又一结果吧。或许，最好的学习方式是把前沿和经典结合起来，就像打翻调料盘，把几种颜色和谐地搭配在一起，反而能成就更厉害的画卷。

在你的时区里，一切都准时

不要迷信成功学。没有最好的选择，只有你的选择。没有最好的人生，只有你的人生。

想当年，我也是个游戏少年，一个骨灰级玩家。从红白机里的《魂斗罗》《超级玛丽》到掌机时代的《口袋妖怪》《牧场物语》，我一部不落。网游时代，我也算是第一批玩家，玩《魔兽世界》的时候，《魔兽》还在内测，玩《劲舞团》的时候，还没有复杂的“八键反键”。

在意识到考试的重要性之前，我敢说，在很长的一段时间内，我以为人生中最重要的东西就是游戏里人物的等级，每天放学回家

总是趁着妈妈做饭的时候打开电脑打会儿怪刷会儿级。

大概也就是从那个时候开始，我依稀感到，游戏世界与现实世界是类似的，游戏里的玩法与现实生活中的活法是相通的。

我最爱S.RPG（策略角色扮演）游戏，在某种程度上这类游戏与生活最像，最需要运用你的智力，谋划你的战局。我最喜欢的游戏是《火焰纹章》系列，因为在《火焰纹章》中死掉的角色不能复活，我觉得这与现实生活最为接近。

不过，随着时间推移，我发现游戏与生活的差别还是很大的。最关键的一点是，人生是一场反应慢很多拍的游戏。

从设定上来看，人生与游戏一样，每个人每天都需要在“打怪升级”中消磨时光，每次在攒下一定的经验或本钱后有一次质的提升，于是打怪升级买装备，赢取白富美，走上人生巅峰。

不过不同的是，游戏中的规则简单而确定，你全情投入，乐此不疲，打一个怪或赢一场比赛，就攒一段经验，长一段经验值，你就铁定会升级。虽然人生也大抵如此，但更多情况下，我们当下的努力，并不能获得当下的回报。

读书的时候，总觉得已经做了100道数学题了，可看到第101道的时候依然抓耳挠腮不得其解；工作当中，总觉得已经做了10个PPT（演示文稿）了，可碰到第11个的时候依旧没有灵感，只能咬着笔杆子，直直盯着面前的咖啡杯发呆。甚至，有的时候，5年、10年，乃至更长时间的努力与付出，换来的仍是步步落后。别说奖励，连努力的反馈都很少能感受到。

不过，我们也没必要为一时的“失败”而气馁。那些从“失败”中汲取的经验会慢慢积累，帮助你逐渐走向成熟；而你在历练中取得的成绩，也会慢慢积累，总有一天会让你获得质的改变。慢一拍固然没有立竿见影的效果，但也正因如此，收获的时候才会感到无尽的欣慰。

我认识一个天天泡在实验室的哥们儿，有段时间成果出不来，天天被导师劈头盖脸地骂，可就是不知道哪里出了问题。他连着重做了两个星期的实验，感觉其他在实验室里忙活的人看他就跟看电影里的怪兽一样。他向我抱怨：“感觉自己快成异类了，就差被导师扫地出门了。”

那段时间，隔着几万里路我都能感受到他身上散发出来的怨气，配上他灰头土脸的模样，让我实在忍不住想开他玩笑：“做不出来别做了，听说这年头创业成功的都是大学肄业的。”他回我：“哦，我回实验室去了。”

后来过了一段时间，他发消息对我说，导师让他用实验成果写论文，有望发在核心期刊上。我看到信息回他说："看来这下你会继续穷很久。"我心里真替他高兴，看来，那些埋头苦干的光阴从来不会被白白浪费。

有一次随手刷朋友圈，看到一个朋友发了张路边野花的图片，配文说春天已经过去很久了，家旁边的花才刚刚繁盛起来，每个人都有自己的花期啊。我深以为然，人生最奇妙的事情就是未来的不可预知和命运的跌宕起伏。可能未来某一个向我抛出的橄榄枝，正是我今日看起来乏味单调日复一日的努力换来的。何必计较太多，当下只管努力，就总有惊喜在前头。就像求婚时对方脱口而出的"我愿意"，其中蕴藏了多少平日的爱意和无尽的付出啊。

这里不妨再与大家分享一首流传于脸书上的小诗：

纽约时间比加州时间早三个小时，

New York is 3 hours ahead of California,

但加州时间并没有变慢。

but it does not make California slow.

有人22岁就毕业了，

Someone graduated at the age of 22,

但等了五年才找到好的工作！

but waited 5 years before securing a good job!

有人25岁就当上CEO，

Someone became a CEO at 25,

却在50岁去世。

and died at 50.

也有人迟到50岁才当上CEO，

While another became a CEO at 50,

然后活到90岁。

and lived to 90 years.

有人依然单身，

Someone is still single,

同时也有人已婚。

while someone else got married.

奥巴马55岁就退休，

Obama retires at 55,

特朗普70岁才开始当总统。

but Trump starts at 70.

世上每个人本来就有自己的发展时区。

Absolutely everyone in this world works based on their Time Zone.

身边有些人看似走在你前面，

People around you might seem to go ahead of you,

也有人看似走在你后面。

some might seem to be behind you.

但其实每个人在自己的时区有自己的步程。

But everyone is running their own RACE, in their own TIME.

不用嫉妒或嘲笑他们。

Don't envy them or mock them.

他们都在自己的时区里，你也是！

They are in their TIME ZONE, and you are in yours!

生命就是等待正确的行动时机。

Life is about waiting for the right moment to act.

所以，放轻松。

So, RELAX.

你没有落后。

You're not LATE.

你没有领先。

You're not EARLY.

在命运为你安排的属于自己的时区里，一切都准时。

You are very much ON TIME, and in your TIME ZONE Destiny set up for you.

接下来，请大声说话

只要你主动，我们就会有故事。

做主持，最初是我治口吃的副产品，但后来我渐渐喜欢上了在舞台上承上启下的操控感。考大学的时候，我甚至想过报考中国传媒大学的播音主持专业。

在众多主持类型中，我最喜欢的是访谈。做访谈是一门学问。你会经常碰到完全不熟悉的嘉宾，年龄差、领域差、经验差……各种因素搅和在一块儿，脑子恨不得立刻就成了糨糊。最致命的是，完全陌生的两个人凑在一块儿，做主持的一方必须想方设法绞尽脑

汁地从对方那儿挖掘信息。一个字，难，一个词，难上加难。

来来回回做了几次访谈之后，我反而积累了一些经验。做访谈的关键，其实是在台下多聊。要想在台上让嘉宾敞开心扉，台下你就必须在短时间内让对方成为你的朋友。

这正应了当下流行的一句话，只要你主动，我们就会有故事。只要你对嘉宾主动，就不怕不能破冰。

我很喜欢看白岩松的访谈，他的语言很有意思，很容易拉近和访谈嘉宾的距离，而且看得出他在台下做了很多准备工作。比如，他会在访谈一开始就表示适当的幽默，调动气氛，还会分外留意访谈嘉宾的很多细节，比如观察到采访对象李敖先生走到哪儿都穿红衣服、系红领带。

白岩松在《新闻会客厅》里访谈李敖的时候，很会利用对比。例如他会问，大家在电视和文字上看到的李敖先生都是比较轻松的，那李敖先生心里面严肃的东西是什么？这一下子就戳中了对方的心，而且深入浅出，很是厉害。他有段时间做访谈特别多，比如专访莫言和Beyond乐队，面对不同的访谈对象有不同的语言风格，充分展现了他的专业素养和人格魅力。

除了在台下多做准备，台上的随机应变也很重要。孟非的主持就很有趣，睿智又不失幽默，接话题与抛话题的水平都堪称一流。有孟非在，至少节目是很难冷场的。节目的走红和主持人的口才无疑有绝对关系，能把一件普通的事儿描绘得很有趣，大家的兴致自然就起来了。不怕你说相声当捧哏，就怕你调动不起交流的气氛。

说了这么多，其实我最想说的还是“破冰”这个词。

当我们进入一个新的环境，比如开学进入新班级，或者加入一个社团开第一次例会，又或者集体团建，在一群新的小伙伴当中，大家其实都很希望有人能开口聊些什么来打破僵局，不然全场气氛必然降到冰点，十分尴尬。

可是，大家常常都十分羞涩地不愿做第一个找话题的人。这个时候，主动开口讲话是十分必要的，哪怕是大大咧咧地瞎聊，也是非常重要而难得的。

就像英国人逢人必聊天气，中国人逢人必问“吃了吗”，其实大家根本就没在意天气或者吃喝，只不过是为了打破僵局，让人感觉更亲近。人们会因为一颗糖化在嘴里而觉得很甜，也会因为对方的一次主动开口而感到对方其实并没那么难相处。

至于我，每次参加补习班之类的活动，我都会争当第一个吃螃蟹的人，首先跟大家聊开，要多嗨有多嗨。根据我多年的交流经验，一般情况下跟男生聊游戏、体育，跟女生聊星座、八卦，都是很好的破冰话题，屡试不爽。

比如我挨着男生坐，我二话不说先拿NBA开刀，湖人、火箭，科比、詹姆斯信口拈来，再把最近的比赛扫上一轮，说完篮球说网球，讲“网球王子”费德勒的传奇。说到激动处可能还拍拍对方的肩膀，强势引发双方的共鸣点。或者不看球的话，咱哥俩可以聊聊游戏，我从小到大玩过的游戏多了去了。男生之间的话题还是非常容易找的。

人有很多东西是天生的，后天获得的多是人脉和经验。态度要端正，学习要主动，想掌握话语权，去引导别人讲出他们自己的故事，自己就得先培养出舌绽莲花的能力。

我健谈的功力也不是一日炼成的，要让对方对你的话题感兴趣，就得投其所好。投其所好的功底来源于广泛的阅读和兴趣爱好。谈到书籍可以说《人类简史》，提到综艺可以讲《暴走大事件》《欢乐喜剧人》，说起兴趣爱好自然少不了我的演讲主持还有调酒，讲讲电影我也能聊聊《当幸福来敲门》之类的。我很喜欢尝试新鲜的事物，接触新领域，凡是想要了解的东西就拼命通过各种途径了解。经历比较丰富，这些其实就是谈资。

当我们拥有自己的故事，就可以讲出来和其他人交换。如果我们首先就是单调而乏味的人，生活恍如一张白纸，那想要说也找不出话头来切入。

当然，我们和另一个人交流，或者和一群小伙伴交流，不能仅仅停留在说自己的故事和见闻上，还要学会让别人开口。比如我以前因为“中美杰出青年培训项目”参访过华盛顿、纽约、波士顿，参观过联合国总部、美国白宫、美国商务部以及纽约证券交易所，与美国当地的政府官员、社会名流和企业家都进行过面对面的交流。这个经历比较特别，如果只是我一味地说下去，别人很难做出回应。想要继续聊下去，就可以问别人，你有没有去过华盛顿、纽约，有没有类似的经历。要学会抛出问题，给对方一个讲话的机会，这样互动性才会更强。

当然，除了有故事可以讲，想要很好地和别人交流，也要有意识地锻炼自己说话的能力。我们可以抓住每一个说话的机会，大声说话，努力表达自己的意见和看法。次数多了，自然会有经验的积累，慢慢也就知道什么时候该切入话题，什么时候该带动现场气氛了。坚持下去，你也能就一个话题从三十秒说到两分钟。

讲好故事，不能不知的三个套路

相信你所热爱的东西，坚持做下去，它便会带你到你需要去到的地方。

——娜塔莉·戈德堡《写出我心》

这几年，语言类的综艺节目异军突起，从《奇葩说》到《我是演说家》，再到《朗读者》，每一档节目都在向我们证明讲故事这件小事儿的威力。

我是口吃，却也是话痨，从幼儿园参加“小青蛙讲故事比赛”开始，我就一直希望能讲出更好的故事。这份对讲故事的执着，在我研究了国际关系建构主义理论后变得更加坚定。

传统上，我们总是认为国际关系中的权力是一国的军事力量或一国的经济规模，但建构主义的国际关系理论告诉我们，权力同时也是一种故事的力量。

意大利著名学者马基雅维利在他的名著《君主论》中写道，一个好的君主需要有两种本能。一种是狮子的本能，茹毛饮血，我比你狠，所以你臣服于我。三国争雄、军阀混战，都充斥着这类故事。另一种本能是狐狸的本能。马基雅维利说，那是善于欺骗他人，而不会被骗的能力。从某种程度上说，我们所在的世界，是被我们所理解的概念建构出来的，就像我们每个人都会谈论到“国家”这个词，但我们每个人脑海中对国家的理解都是不尽相同的。

以色列著名学者尤瓦尔·赫拉利在《人类简史》中说，人类与动物最大的区别，是人类具有想象力。在人类社会的各个重要领域，那些最重要的概念从来都不是看得见摸得着的实物。例如，在经济学中，钱的概念是看不见摸不着的，你眼前的那些花花绿绿的钞票为什么是钱而不是纸，其实源于我们对钱的想象；在宗教中，每一个宗教的神祇都不是教徒们直接可以接触到的，但我们依然相信有一位更高的存在在指引着我们的人生。

正是通过想象力，人类达成了复杂的共识，建立了大规模的协作，而这样的大规模协作让人类修起了大坝，凿开了沟渠，建立起了璀璨的文明。因此，人类的所有文明都来源于一个能激发起你想

象力的故事。

后现代哲学家在研究叙事（讲故事）的基础上，甚至认为世界上的大多数知识都不一定是真实的，而是一种宏大叙事，也就是用故事构筑了一个广阔的宏大的体系。现代人都很相信科学，但科学并不一定是真理，只不过科学恰好可以被证实和证伪而已。

读到这儿，可能你会觉得有些云里雾里，这并不要紧。简单来说，我粗浅的学习结论是，权力就是故事本身，因而学会讲故事是一个人成长成才的重中之重。

在此，我也浅薄地与大家分享三条讲故事的小技巧。

具象化你的语言

为了讲好一个故事，你需要具象化你的语言，让听众的脑海中可以呈现出一幅真实的画面。因而，你需要尽量少用抽象的形容词，例如“美好的”“漂亮的”，或者类别型的名词，例如“狗”“猪”。

举个例子，当你想说“一个美好的下午，我在街上看到了一只猪”的时候，你大可具象化你的语言，把它说成“十二点刚过，一碗鱼丸粗面下肚，我居然在街上遇见了麦兜”。

又比如，曾经有领导说：“我们未来的目标，是要通过高度团结的创新以及充满策略的战略优势，以取得在全球太空工业上的领先地位。”而美国前总统肯尼迪说：“未来十年，我们的目标是把人送上月球，并活着带回来。”

简单地说，在聊天的时候，我们说猫不要说猫，可以说更具体的“Hello Kitty（凯蒂猫）”；说狗不要说狗，可以说更具体的“拉布拉多”。

另一个我非常喜欢的关于具象语言的例子，是马致远的散曲《天净沙·秋思》：枯藤老树昏鸦，小桥流水人家，古道西风瘦马，夕阳西下，断肠人在天涯。28个字，几乎全无动词，却通过具体意象的叠加，让一幅栩栩如生的《荒郊羁旅图》跃然纸上，让人大呼精妙。

精简你的故事

特朗普《交易的艺术》一书的联合撰稿人、美国演讲家托尼·施瓦茨在自己的一本书中说，当代的信息传播最重要的发展是人们不再青睐于书面信息的传播，而更在乎电子的、音频的或视频的信息，因为这样的信息更高效，更快捷，更轻松。所以，在讲故

事的时候，我们必须注意精简我们的故事，让我们的受众更享受，更专注。

中央电视台主持人一分钟的标准语速是180字，而大多数人对于杂乱的信息只能集中5分钟的注意力，所以我们讲故事的时候应该尽量精简，能一个段子解决问题的，最好不好使用一篇文章。所以，现在有种很有意思的说法——中国文学的发展脉络是：唐诗、宋词、元曲、明清小说，以及当代的段子。

多说自己的故事

我在前面提到过，李敖先生在听了两遍胡适先生的讲座之后，有过一个精辟的总结，说“大师之言，不能不听”。因为每个人把一辈子的经历浓缩成两个小时的讲座必然很精彩，何况是文化大师呢。李敖先生的这个总结，同时也告诉了我们一个讲故事的重要原则——讲自己的故事。

为什么要讲自己的故事？因为自己的故事我们最能感同身受，最明了事情发生发展的逻辑，最清楚其中的细枝末节，最容易调动其中的情感因素。如果你一定要转述一个故事，那请让主人公变成你的家人、你的朋友、你的偶像，或你最讨厌的人。因为没有感同身受，就没有生动的故事和传说。

如果让我留言给高中的自己

对你而言，它叫黎明还是早晨，关系到你会怎样醒来。

——当代诗人　臧棣

人在从一个阶段过渡到下一个阶段的时候，总喜欢回顾过去，说起“想当年”的那些事儿。为没有做过的事情扼腕叹息，为做错的事情懊悔不已，恨不得把人生前十几年重新洗牌，从头来过。可惜的是，人生只有一次。

现在想想三年前、两年前，甚至一个月前的自己，似乎都和现在的自己有很多的不同。要是后来的自己去做先前的事，或许就能少些遗憾。

十六七岁的时候，我笃信自己和别人不一样，做起事情来对自己比谁都狠。这些年来，我高中毕业进入复旦，到最后选择去纽约读研，有柳暗花明，有拨云见日，有遗憾，也有错过。可无论如何，这就是我的青春时代。

如果非要说点儿什么，去告诉昔日的我少走一点儿弯路，我想说，既要有不撞南墙不回头的精神，也要懂得适时变通。

我问了身边形形色色的朋友，有什么“箴言”想要告诉高中的自己。一圈儿问下来，我总结了一句话——得不到的永远在骚动。

那些念念不忘的人和事在日久天长之后越发珍贵，特别是在迈入社会之后，让人尤为怀念那些在象牙塔里的日子。

不过我首先要说的，有关学习，无关风月。

在学校的时候，我们都会自诩为学习中的战斗机。每天和老师打伏击，放个假就恨不得永远不要再上学。 但是现在，我听大家说的都是“好好学习，好好学习，好好学习，重要的事情说三遍”“一定要往死里学习”“少上网，多读书”诸如此类的话。也有某航空公司的空姐补充说，高中时代不如拿着压岁钱去找老师补课或旅行，不该把压岁钱拿去买时尚杂志、衣服呀什么的，也许未来会有另一种可能。

于是，听了他们想对高中的自己说的话，我仿佛被他们说服了，学生时代不学习还能去做什么！可是，当我接触更多的朋友，观点就开始五花八门，百家争鸣了。

比如我一个学设计的朋友，他说若能回到过去，他想对高中的自己说："别光看书，要多看看这个世界。"我还有一位以努力著称的复旦师兄，他想对高中的自己说的话更是令我心服口服："别忙着学习，抽空多谈谈恋爱，多旅旅游。别觉得在一起就是一辈子，可能那些都是来度你一程的人。"

一股脑儿学习还是分一部分时间不学习，这不算是个悖论。除了学习，天地浩大，其实还有很多有意思的事情等着我们去做。抽时间多交几个朋友，多看看外面的世界，对我们的成长也有很好的帮助。

至于我自己，个人评价是一个很拼很能折腾的人，一直都是。把我扔到人群里，我不一定是能力最强，也不一定是最聪明的，但我对各种各样的活动会呈现出一种饥渴的状态，我会永远在外面找活动，做调研。当时很流行乔布斯的一句话："Stay hungry, stay foolish."后来很多人把这句话翻译成"求知若渴，虚心若愚"。我觉得自己在高中做拼命三郎的时候，很有这样的状态。

高中参加古诗文大赛，我坚信“熟读唐诗三百首，不会作诗也会吟”，简单粗暴地把各种古诗文直接背下来，在字里行间寻找感觉。受父亲影响，我喜欢“大漠孤烟直，长河落日圆”这样的诗句，可谓豪放派的忠实粉丝，但我也喜欢朦胧诗，读得特别来劲，总之，喜欢什么就去了解什么，特别下功夫。

追寻梦想不是一种愿望，而是一种行动，能够早点儿知道自己要去的地方，才是保证少走弯路的根本。所以抱着这样的心态，多去看看不同的事物和不同的人，找到自己渴望得到的，是不可或缺的过程。

走了很多年的路，回过头来看自己的学生时代，真的觉得永远不要对生活失去信心，很多当初认为的坎坷如今已不值一提。做喜欢做的事儿，努力学习，野蛮生长，往后皆是财富。

我觉得对于现在读高中的小伙伴，或者过去的那个我来说，依旧没什么是钉在框架里的，一切都有可能，一切都有希望。我不会说什么“一定要好好谈恋爱，不要好好学习”之类的话，反之亦然，因为谁也不能预料当下这一步究竟是不是最适合你的。

这里尤其要补充的一点是，我们大多数人在高考之前，对专业往往没有什么概念，这其实是非常糟糕且风险很大的一件事。比较理想的状况是，填志愿之前，想报哪个专业就去找一本这个专业最浅显的书看一下。比如，很多人想学市场营销，我就推荐他们去看大学里市场营销方面的教科书，想报其他学科的也一样，这是进行未来规划的很好的途径。

走过那么多路，并非没有歧路，可还好，我的大学，我的高中，我的过去，都很自然地指向了我的未来。对自己，对别人，想说的有很多，但最重要的是把握好自己的节奏，毕竟人生有无限的可能。

后记

谢谢你成全我的勇敢

Hey！如果你可以看到这一页文字，请允许我向你表达我最衷心的感谢。谢谢你，成全我的勇敢。

对于一个从来没有写完一本日记的少年来说，能在成年不久的今天，完成一本属于自己的书，实在是莫大的勇敢。

写书，前后经历了近一年的时光。这一年中焦虑与迷茫，成长与改变，比过去的任何时刻都要多。

离开上海，跳脱出最熟悉的环境，反而让我更坦然地去了解自己，认识自己。

一年前的这个时候，我记得凌晨两点站在曼哈顿最南端，地铁出口，抬头就是华尔街。那些高楼静静地暗着，平常游人如织的铜牛也只默默地低头不喘气；脚下的地铁，融合着酒鬼和老鼠的气息，严严实实地藏在地下；而我要继续向南走，去赶免费的轮渡，渡过自由女神的河，才能回到我小小的出租屋。

那个时候我总是在想：我在哪里？我要去哪里？

我总是不确定自己要去哪里，所以在纽约街头暴走，奔波在去华盛顿、波士顿的路上，去朝鲜平壤，回上海回南京，跑云南、跑湘西、跑贵州。

我对曼哈顿的纸醉金迷没有渴望，也没准备好西装革履地在市政厅滔滔不绝。打动我的往往总是最朴实的面孔，是云南临沧孩子们在操场上的你追我赶，是湘西花垣老乡们架起熏肉的柴火。我想到了在南汇乡下和爷爷奶奶每天凌晨4点半起来摘桃子的日子，那个在泥地里打滚的我，还是一样地爱折腾、不服输。

要去这些地方吗？我其实也在问自己。

困惑的时候总想写些什么来理清思路，可每次都笔尖晦涩。若是惯常的懒散，可能也就放下笔了。可要完成这本书的动力，让我一次次逼迫自己去动笔，去写，去思考。

作为非专业作者，为了文字不为大家笑话，我还特意看了好

些“教写作”的书。其中最喜欢的就是娜塔莉·戈德堡的《写出我心》（*Writing Down the Bones*）。她告诉我很多写作的小诀窍，例如不停地打字，不管怎样先找到写字的感觉再写，等等。这些对我来说都很有意思。但最重要的是，她说写作和人生一样：“相信你所热爱的东西，坚持做下去，它便会带你到你需要去到的地方。”

所以，与其不断逼问自己要去哪里，不如先问问自己热爱的究竟什么，然后更勇敢一点儿，坚持下去。所以，当这本书写作完成的时候，我也做好了去湘西扶贫创业的计划。

关于湘西，沈从文先生笔下总有那么多动人的故事。蒋勋先生说沈从文先生的湘西故事是从乡土里摸出来、长出来的故事。他逃学，行走于那些最贫穷困难的地方，不读那小小的书，却去读自然与社会这本大大的书，所以有意思，有真性情。

这么多年过去了，此刻的湘西想必和沈从文先生笔下的湘西已经有了大不同，不知道我能真正感受到什么，多期待自己也能讲出真性情的故事啊。

还是感谢来看我的故事的你，希望不会让你失望，也希望能有更多的故事讲给你听。